君のいちばんに
なれない私は

松藤かるり　Karuri Matsufuji

アルファポリス文庫

https://www.alphapolis.co.jp/

目次

第一章　ヒーローは島を出る　5
第二章　青春物語の主役と脇役　21
第三章　脇役は人魚姫の夢を見る　115
間　章　九回裏の魔物、そして延長戦へ　213
第四章　生きること、ずるいこと　226
間　章　好きでいるのも諦めるのも難しく　261
第五章　泡になって、さよなら　273
終　章　美岸利島のヒーローと人魚姫　298

第一章　ヒーローは島を出る

私は自分が主役だと信じていた。人生において、誰もが必ず幸せになれるのだと信じていた。

そして私が幸せになるとき、隣にいるのはこの男だと信じていた。

「待ったか？」

石階段の中腹《ちゅうふく》、いつもの場所。やってきたのは幼馴染《おさななじみ》の鹿島拓海《かしまたくみ》だった。どこか野暮《やぼ》ったさの残る顔立ちに坊主頭。体の成長に追いつかなくて袖が少し短いけれど、中学校の学ランを着ていられるのはあと半年もないからってそのままでいる。中学生にしては大きい手が掴《つか》むのは、四本入りアイスキャンディの袋だ。日焼けして浅黒い肌に、カラフルなアイスキャンディは目立つ。

「何味？」

拓海がどのアイスキャンディがいいかと聞いてくるけれど、私は返答より先に袋から一本取りだした。掴《つか》んだのは紫色のグレープ味だ。

「グレープがいい」

「だと思った」

わざわざ聞かなくても知っているくせに。私だって拓海が最初に食べる味はどれかわかっていた。袋に入ったままの、水色のアイスキャンディをちらりと見る。

「拓海はソーダでしょ?」

「俺はどの味も好きだから、残りものでいい」

「じゃ、ソーダ味食べて」

「おう」

近所のコンビニで売っている、袋に入った安いアイスキャンディ。子どものおこづかいで買える程度の金額で、一袋に四本も入っているから分けやすい。小さな頃から、このアイスキャンディが好きだった。

イチゴ、レモン、グレープにソーダ味。質素な木の棒についた透き通るアイスは、色とりどりの宝石のようで心が弾《はず》む。だけど私はソーダ味が苦手だった。だから拓海は『千歳《ちとせ》が嫌いな味だから』と言って、最初に食べてくれる。

アイスキャンディを食べる順番も、食べる場所が石階段なのも、昔から変わらない。

なのに私達の周囲は変わっていく。小さくなっていく制服、変わっていく島の景色。昔通《かよ》った近所の商店は、今じゃコンビニエンスストアだ。

あと半年も経《た》たずに、私達は高校生になる。ゆっくりと流れていく時間は、確実に何かを変えていくんだ。

「千歳、話がある」

変化の波に呑《の》まれて、拓海だって変わっていく。私の前に座る男は振り返って、こちらをじっと見つめながら言った。

「俺、島を出る。お前と同じ高校に行けない」

「あっそ、どこに行くの？」

「神奈川《かながわ》の高校から、推薦《すいせん》の話がきた」

そっけなく答えて、何事もないふりをして。でも肌がざわざわと粟立《あわだ》った。拓海が島から出ていけば、私の隣は空《から》っぽになる。拓海がいなくなる。神奈川ってどこ。東京《とうきょう》からすぐ行ける場所だよね。ビルがたくさんあって、地下鉄が走ってるような。

予想していたくせに、突きつけられる現実が妙に肌寒い。心の奥から冷えていくのは、アイスが冷たいからだけじゃない。

「その高校だったら、俺の夢も叶う気がするから」

「甲子園《こうしえん》に行くってやつ？」

「ちょっと違う。甲子園でホームランを打つ、だ」

頭の中で地図を広げる。私達が住む島の近くに北海道本島《ほっかいどう》があって、そこから離れた本州に神奈川県があって、もっと遠くに甲子園がある兵庫県《ひょうごけん》。神奈川県も兵庫県もテレビで見たことはあるけれど、行ったことはない。私は飛行機にさえ一度も乗ったことがないのに。

拓海は、この島ではちょっと有名な野球少年だった。美岸利島《みぎりとう》の奇跡と言えば大げさだけど、でもそれに近い。小さな頃から野球ばかりしていて、めきめきと伸びた才能は、そのうちに島じゃ収まりきらなくなった。本島へ呼び出されて北海道代表になり、その名は本州にも轟《とどろ》いて、十五歳以下で構成される日本代表に選出されている。長期休みのたびに島を出て、本州どころか海外遠征の経験もあった。だから、本州の強豪校《きょうごうこう》にスポーツ推薦《すいせん》が決まったと言われても納得だ。彼なら、本当に甲子園で夢を叶えるかもしれない。

「……ま、頑張ってよ。それなりに応援してるから」

ここまで拓海が頑張ってきたこと、甲子園という目標があったこと。間近で見てきたから、引きとめるなんてできない。応援しているけれど淋《さみ》しさもある。混ざりあわない気持ちに苛立ってアイスキャンディを噛む。グレープ味は口の中で弾けて、寂しく残るのは木の棒だけ。

　拓海は私の顔を見つめたあと、ふっと小さく笑って「おう」と答えた。袋から取りだしたイチゴ味のアイスキャンディをこちらに渡してくる。悔しいことに、グレープ味の次に食べるのがイチゴ味だと拓海は知っていた。

「千歳は、俺がいなくなったら淋《さみ》しいか？」

「別に」

「そう言うと思った」

「高校卒業したら戻ってくるんでしょ？」

「まあな。俺は、美岸利島が好きだから」

　拓海が前を向いた。西側を向いているから夕日が眩《まぶ》しいはずなのに、その方向をじっと見ている。私の視界には拓海の背中が映っているから、彼の表情はわからない。ソーダ味のアイスは食べ終えているのに、次に移る気配がない。袋に唯一残ったレモン味のアイスには、まだ手をつけていなかった。しばらく黙っていると拓海が呟《つぶや》いた。

「お前さ、高校生になってもここに座るのか？」

「別にいいでしょ。この場所、お気に入りだから」

「俺がいるときはお前の前に座るからいいけど、お前ひとりで階段に座ってると、なんかこう、よくない気がする」

「ここを通るのって、私の家族とあんたの家族ぐらいじゃん」

「そうじゃねーよ……はあ、もういい。言った俺がばかだった」

背中越しに、拓海が照れているのがわかった。困ったときの癖《くせ》で坊主頭をかく。

中学生になってから、彼の定位置は私の前段になった。まるで私を隠すように座る。

その理由を聞きだすのは骨が折れたけれど、蓋《ふた》を開けてみれば歩行者の目が気になるという不思議《ふしぎ》なものだった。中学生になって制服がスカートになったので、それが関係しているのだと思う。以来、制服を着ていなくとも関係なく、私を守るように彼の席はここになった。けれど高校生になれば、拓海は内地の高校に行って、前に座る人はいなくなる。私がこの場所に座り続けても、拓海は甲子園を追いかけて島を出ていく。なんだか、もどかしい。

「千歳」

レモン味のアイス食べないの、と訊《き》きかけたところで拓海が言った。

「小学生のときにした約束って、覚えてるか？」

「いろいろな約束したから覚えてないかもね」

「お前、ひねくれてるな。どうせ覚えてんだろ？」

その通り、覚えている。小学生のとき、この場所で、私達は約束をした。

約束を交わしたときの空気や感情、一言一句すべて頭に焼きついている。それは、子ども達が交わす約束としては定番かもしれない『大人になったら結婚しよう』というもので、けれど私にとっては特別な約束だった。

ずっと、拓海のことが好きだから。人として、幼馴染《おさななじみ》として、恋愛対象として。あらゆる目線で彼のことが好きだから、幼い頃に交わした結婚の約束を信じて、好きな人とそんな約束ができた幸せを噛《か》みしめている。そんな大切なものを誰が忘れることができるだろう。

そして、拓海も私のことが好きだと思う。言葉で確かめなくとも幼馴染《おさななじみ》だからわかる、特別な態度。ふたりでいるときの穏《おだ》やかな空気は、想いが通じあっているから。拓海がこのタイミングで約束のことを口にするのも、きっと、そういうこと。

私の無言を肯定と受けとったのか、拓海が続けた。こちらに背を向けたままで。

「約束、このまま覚えていてもいいか？」

「何その質問。好きにしてよ」

「じゃあ、俺は約束を覚えてる。お前もそうしてくれ」

「私まで巻きこむの？　まあ……いいけど。あんたが約束を覚えてるっていうなら、私もそうするかもしれないし」

するとと拓海は振り返った。少し頬《ほお》が赤い。それを誤魔化《ごまか》すように、大きな手のひらが私の頭へと伸びる。頭を撫《な》でるというよりはわしわしと掴《つか》んで、犬を愛《め》でるような動き。視界の端で髪の毛がぐちゃぐちゃになっていて、拓海は笑っていた。

「ほんと素直じゃねーな。天邪鬼《あまのじゃく》の千歳」

「うるさい。拓海のばか」

「顔、赤いぞ」

「ばか。知らない。さっさと高校卒業してきて、ばか」

好きとか付きあうとか。そういう言葉は頭に浮かんでも、口にする勇気は出なかった。中学生だからと言い訳をするのは簡単だけど、本当のところは甘えていたのだと思う。拓海と私は、隣同士が当たり前。幼い頃に約束をした。私達は結ばれる運命にある。だから、想いを伝えるのはあと回しでもいい。

複雑な気持ちになり、拓海の体をぽこぽこと叩《たた》く。そこまで力を込めていないけれど、野球漬けで鍛《きた》えられた体はびくともしなくて、拓海はくすぐったそうにするだけ。

「中学卒業までは島にいるから」

「もうすぐじゃん」

「夢を叶えたら戻ってくるから、ちゃんと待ってろ」

残っていたアイスキャンディは溶けて、袋の隅にレモン色の液体が溜《た》まっていた。気づいたときにはもう食べられない。遅かった。元に戻らない。

私達がそれに気づくのは家に帰る直前で、アイスがもったいないとか飲んだほうが早いなんて笑いあっていた。

中学生の終わり、鹿島拓海は美岸利島から出ていった。

＊＊＊

拓海が島を出てから三度目の夏は、特別だった。

潮風ってのは不思議《ふしぎ》なもので、風を浴《あ》びているだけなのにほどよい疲労を感じる。海に入ってもいないのに肌はべたついて体が重たい。だから、防波堤《ぼうはてい》に寝転んでいるのは仕方のないこと。決して、だらけているわけじゃない。

閑散《かんさん》とした美岸利島の西防波堤《ぼうはてい》、夏の日差しを浴《あ》びながら本を読む。飲み物は持ってこなかったけれど喉《のど》は渇《かわ》かなかった。スマートフォンに繋《つな》いだイヤフォン、そこから聞こえる音に神経を注いでいたから。

「あ、終わった」

読みかけていた本は、どこまで読んだかわからない。イヤフォンから響くのは、夏の終わりを告げるような甲子園のサイレン。小さい頃は人の泣き叫ぶ声に聞こえて怯《おび》えていた。今は怖くない。むしろ清々《すがすが》しく感じる。空の果てまで響きそうな音は、甲子園がひどく遠いところにあるのだと思わせた。

その音がやんでしばらく経《た》つと、仰向《あおむ》けに寝転んだ私の顔を影が覆《おお》った。片耳のイヤフォンを外せば犬の荒い呼吸音が聞こえて、それから聞き慣れた声音《こわね》。

「千歳ちゃん、何してんの？」

彼は鹿島大海《ひろみ》。拓海の弟で、現在高校二年生。私のひとつ年下だ。

私は上半身を起こしながら、手にしていた本を見せる。

「読書。感想文まだ終わってないから」

「まだ終わってないの⁉　お盆明けから学校始まるよ」

「だいじょーぶ。ささっと読んで、ささっと感想を書くから。ヤバそうなら結末だけ見ちゃえばいいし」

「うわ、千歳ちゃんらしい……」

大海は読みかけの本をまじまじと眺めたあと、「こんなの読むんだ」と驚いていた。

本には帯《おび》がついていて、そこには『女子中高生支持率ナンバーワン、何度読み返しても泣ける青春小説』と書いてある。難病の女の子が男の子と出会って生きる希望を得ていく話らしいけど、数ページしか読んでいないので、泣ける場面まで至っていない。大海が驚いていたように、私には向いていない話だから、真剣に読むかと聞かれれば怪しい。明日にはいい加減な感想文を書いてしまいそうだ。

「それで。大海は何してんの？」

「クワタの散歩」

クワタは、鹿島家で飼っている柴犬だ。拓海と大海が交代で散歩をしていたけれど、拓海が神奈川の高校に行ってしまったので、散歩は大海の仕事になっている。走るのが大好きなクワタの散歩は大仕事で、首からタオルを巻くほど汗だくになってしまう。

「よしよし、クワタお疲れ様。暑い中、大海の散歩に付きあってくれてありがとう」

そう言いながらクワタの頭をわしわしと撫《な》でる。大海は口を尖《とが》らせていた。

「ちょっとー！　飼い主はオレなんだけど！」

「どっちも似たようなもんでしょ。大海って犬っぽいし」

性格と外見ひっくるめて、大海は犬のようだと思う。兄である拓海と幼馴染《おさななじみ》の私、その後ろを追いかけてくるのが大海だ。大海は人懐《ひとなつ》っこくて可愛《かわい》らしい。あまり表情を変えない拓海と違って、ぴょんぴょん跳ねたり騒《さわ》いだり全身で感情を表現する。その上、髪もふわふわの癖毛《くせげ》ときたものだ。高校生になって髪を茶色く染めたときは、チョコレートカラーの小型犬を連想した。そういえば大海の『大』の字も犬に似ている。名前まで隙《すき》がない。

クワタはというと、大海より拓海に似ている。よく言えば落ち着いていて、悪く言えば鈍《にぶ》い。大好きな散歩は俊敏《しゅんびん》に走るけれど、それ以外はのんびりした犬だった。柴犬のちょっととぼけた顔も可愛《かわい》らしい。元は捨て犬で拓海が拾ってきたけれど、野球好きの父親によって、好きな野球選手から拝借した名前が付けられてしまった。『名前じゃなくて名字じゃん』と鹿島兄弟がぼやいていたけれど、何年も経《た》つうちにクワタで定着している。

そう、野球だ。鹿島家の話をするといつも野球が出てくる。そのことに思いいたると同時に、大海が言った。

「千歳ちゃん、家にいるんだと思ってた」

「うわ。失礼だよね⁉」

「なんで？」

「だって今日、兄貴の試合じゃん。島のみんなと一緒に応援まではしないだろうけれど、家でテレビを見てるのかなって。バイトも休みとってたからさ」

「見てない。甲子園に興味ないし」

この島から甲子園出場者が出るのは初めてで、今日の美岸利島はお祭り騒《さわ》ぎだった。島民は公民館に集まり、大きなスクリーンに甲子園中継を映して、みんなで拓海を応援している。同じ中学だった子や、拓海と共に野球をしていた子も公民館に向かったけど、私は行かなかった。そういう集まりがあると知っても、行く気になれない。

大海は私の隣に腰かける。クワタもしっぽをぶんぶんと振って大人しくしていた。

「兄貴、負けたよ」

「……ふうん」

「地方大会じゃ大活躍だったのにな。甲子園じゃヒット一本も打てないでやんの」

大海の話を聞きながら手にした本をぱらぱらとめくるけど、内容は頭に入らない。句点の丸がボールのように見えた。そんな私の顔を大海が覗《のぞ》きこむ。まんまるの瞳がふたつ、眼前に割りこんだあとでにたにたと笑った。

「兄貴が負けたのに、千歳ちゃん嬉しそうじゃん」

「別に、そんなことないけど」

「えー、嘘《うそ》でしょー。口元ゆるゆるだよ」

「何言ってんの。勉強のしすぎで目が悪くなったんじゃない?」

「隠さなくてもいいって。千歳ちゃん、昔から兄貴大好きだもんね?」

弟のような存在にからかわれるのは居心地が悪くなるもので、突き放すように大きな音を立てて本を閉じた。それでも大海は食い下がる。

「お。千歳ちゃん、顔真っ赤」

顔は赤いのだろうか。鏡がないからわからないし、確認する気もない。

高校三年生で甲子園出場の夢を叶えた拓海をもちろん応援している。甲子園で優勝してほしいと思った。でも今の心を占《し》めているのは、安堵《あんど》だ。私は嬉しいのか嬉しくないのか、どちらだろう。自分自身に問いかけ、浮かんだ言葉をそのまま声にのせた。

「拓海が普通の人に戻った気がする」

「何それ。兄貴って人間じゃなかったの?」

「そういう意味じゃなくて。これで終わったんだなって思ったの」

初戦で負けてしまったのに、どうしてか私の心は和《な》いでいる。答えを探すように海へ視線を落としていると大海が言った。

「安心して。高校卒業したら、島に帰ってくるよ。親父の会社を手伝うってさ。わざわざド田舎《いなか》の美岸利島に戻ってこなくてもいいのになあ。オレなら神奈川に残るのに」

「そのド田舎《いなか》が好きなんでしょ、拓海は」

「もしかしたら千歳ちゃんのことが好きだから、島に戻ってくるのかもよ?」

大海はにやついて私の反応を窺《うかが》っている。こういうところはめんどくさい。お行儀《ぎょうぎ》よく座っているクワタのほうが可愛《かわい》く見えるほど。

「拓海が島に戻ってくるのは、叶えてない約束でもあるからじゃない?」

「え?　何それ」

「別に。私、そろそろ帰る――あ」

ヘッドフォンを繋《つな》いだままだったスマートフォンのことはすっかり忘れていて、立ち上がった拍子に、体から滑《すべ》り落ちた。海に落ちるかと思いきや、運よく防波堤《ぼうはてい》の端で止まった。私も大海もほっと息を吐く。

「あぶねー……海に落ちるとこだったよ」

大海がスマートフォンを拾う。表示されたままだった画面が見えてしまったらしく、呆《あき》れたように笑った。

「甲子園に興味ないって、嘘《うそ》じゃん」

表示していた甲子園速報のページによって、私の嘘《うそ》が見抜かれる。

本当は、読書に身が入らないぐらいに試合が気になっていた。甲子園中継の録画だってした。この時間《ま》、テレビの前にいられなかったのは、テレビ越しに拓海の姿を見て、距離の遠さを目の当たりにするのが怖かっただけ。スマートフォンを見なくても大海は気づいていたのかもしれない。拾ってもらったお礼を告げたあとは、恥ずかしくて口を閉ざした。

拓海の試合は終わって、次の試合が始まる。

終わるのは夏だけじゃない。離れていた三年間が、もうすぐ終わるのだ。

彼が島に戻ってきたら、思い描いていた通りの幸せな日々が始まる。私の隣に拓海がいる。きっと。

第二章　青春物語の主役と脇役

高校生の始まりから今日まで、三年しかなかったのに長い時間が経《た》った気がする。振り返ればそれは淋《さみ》しくて、この日がやってくるのをずっと待ち続けていた。

「今日の千歳ちゃんは気合いが入ってるなぁ」

店長は店にやってくるなり、私をからかう。高校在学中に始めたコンビニのアルバイトは、卒業しても続けていた。特にしたいこともなく、島から出る気もなかったのでちょうどいい。この店がコンビニになる前の個人商店だった頃から通《かよ》っていて、顔馴染《なじ》みのおじさんが店長というのも居心地がよかった。

店長の奥さんが従業員控え室から出てきた。エプロンをつけながら、私達に向き直ってにっこりと微笑《ほほえ》む。

「髪も染め直したもんねえ?」

「まあ……染めましたけど」

「とっても可愛《かわい》いわよ。ちょっと明るい色だけど、今時の子ってこんな感じなのかしらね。今日の千歳ちゃんはお姫様みたいよ」

そう言って、奥さんが私の肩を優しく叩《たた》いた。言葉はなかったけれど、『頑張れ』というメッセージが伝わってくる。

自分が可愛《かわい》いとは思っていないけれど、お姫様のようだと言われるのは十八歳になっても嬉しい。特に今日は時間をかけて用意したから、褒《ほ》められると顔が緩む。

口元がにやけてしまいそうになるのを堪《こら》えていると、店長が外を指さした。コンビニのガラス越しに、自転車に乗った大海が見える。

「お。迎えが来てるぞ。そろそろ出発か」

「すみません、途中で抜けることになっちゃって」

「いいのよ。千歳ちゃんのことはよーくわかってるから。私も主人も、千歳ちゃん達のことを応援しているからね」

今日は閉店まで勤務予定だったけれど、わがままを言って途中で抜けることになった。あまり体調がよくないので普段は店に出ない店長の奥さんが、レジ番を代わってくれたのだ。申し訳なさを感じつつその顔を見ると、奥さんがにっこりと微笑《ほほえ》んだ。

「頑張ってね。応援してる」

「……はい！」

「おーい、千歳ちゃん。そろそろ行くよー」

自動ドアが開いて、滑《すべ》りこむようにやってきた大海が言う。大海もこのコンビニでバイトをしているけれど、今日は休みだ。店長が「お前が代わりに働いてもいいぞ」なんて大海をからかっている間に、私は控え室に戻った。

着替え終わって大海と合流する。自転車に乗って、港を目指す。近づけば近づくほど潮風が濃くなって、胸の奥が痛くなる。海鳥の鳴き声に波の音。いつもと変わらない春の景色が、今日はひときわ輝いて見えた。

「あれ。もう着いてるじゃん」

港に着いて、大海が言った。港は普段よりも島民が集まっていて騒《さわ》がしい。それは、美岸利島初の甲子園出場を果たしたヒーローを出迎えようとしているためだ。

人混みの向こうに連絡船が着いていた。群がる人を押しのけてまで船に近寄る気になれず、私は少し離れたところからそれを見つめる。自転車から降りてハンドルを握りしめると、手に力が入りすぎてべたついていた。

最近の美岸利島は観光客が増え、移住者も多くなった。なのに北海道本島との連絡船は相変わらず一日一本なので、乗船客はそれなりに多い。

下りてくる人の顔を確かめ、拓海が現れるのを待つ。そして、待ち望んでいた姿が現れた。

太陽の光を浴《あ》びてゆらりと立つ姿。丸刈りにしていた髪は少しだけ伸びた。肩幅は広く、背も伸びている。肌は前より焼けたかもしれない。テレビ越しで見たときより逞《たくま》しい。でも服装だけは昔と変わらなくて、洒落《しゃれ》っ気《け》のないシンプルなシャツとジーンズ。

隣に立つ大海が「兄貴だ」と短く言った。

拓海を視界に捉《とら》えてから胸が痛い。鼓動は急《せ》いて、港の騒《さわ》がしさなんて忘れるぐらいにうるさい。あの冷えたまなざしふたつ、私を捉《とら》えたら微笑《ほほえ》むのか。彼は私の元に駆け寄ってきたときどんな言葉をかけてくれるのだろう。『待たせたな』、それとも『ただいま』なのか。私がかける言葉はずっと前から決めていた。だから早く迎えにきてほしい。けれど、拓海はなかなか船を下りようとしなかった。船室を振り返って、しばらく動かない。

誰かと話をしているらしい。それからゆっくりと右手が船室に伸び、何かを掴《つか》んだ。どうして。拓海は何をしているの。

「誰かいるのかな」

大海が首を傾《かし》げた。私は彼の右手に釘づけになって動けない。

拓海が掴《つか》んでいるもの。それは船室から引き上げられて太陽の光に当たる——白い手。

「……あれ、は——」

息を呑《の》む。言葉を発することさえできなくなっていた。船から下りるその人物が、私の時間を止めた。

透き通るような白い肌。日差しを遮《さえぎ》る麦わら帽子。水色のワンピース。ふたりは手を繋《つな》いで船を下りた。

手を貸しただけかもしれない。きっとそうに違いない。拓海は優しいから。

けれど船を下りてもその手が離れることはなかった。私よりも背が低いだろう儚《はかな》げな女の子。彼女は隣に立つ拓海を見上げて何か言葉を発し、ふわりと微笑《ほほえ》んだ。

「なんだあ、鹿島の坊主が女連れで帰ってきたぞ！」

「さすが内地に行った男はちげえや」

拓海を出迎えるために集まっていた島民の、特に男の人がやいやいと騒《さわ》いでいる。小さい頃からよくしてくれた漁師のおじさんは拓海の背をばしばしと叩《たた》いて笑っているし、同じ中学だった野球部の子も拓海と女の子を交互に見て笑っていた。

「鹿島、その子なんなんだよ？」

島民の質問攻めに耐えきれず、拓海が口を開く。

私と拓海の間には距離があるのに、なぜかはっきりと彼の声が聞こえた。私が想像していたような『待たせたな』でも『ただいま』でもない、もっと短くて残酷《ざんこく》な言葉。無表情のまま、いつもの真剣な顔で紡《つむ》ぐ。

「彼女」

海の音、におい、島民の騒《さわ》がしさ。ここにあるあらゆるものが息を潜《ひそ》めて、どこかに隠れる。視界の中央に拓海と、彼女だと紹介した女の子がいて。

止まった時間を動かしたのは、がしゃんと耳障《みみざわ》りな音だった。手の中にあったはずのハンドルはなくなっていて、足元に自転車が転がっている。

「か……彼女って……」

「千歳ちゃん……」

気づけば大海がこちらを見ていた。そのまなざしは私を案じているけれど、かける言葉が見つからないのかぐっと唇《くちびる》を噛《か》んでいる。

もう一度、女の子を見る。マスクをつけているから、顔の下半分はわからない。まんまるとした大きな瞳。濡《ぬ》れ羽《ば》色のボブヘアーは、金色に近い茶色に染めて長く伸ばした私の髪と大違い。品のいいワンピースを着ている彼女の前だと、キャップに薄いパーカーとショートパンツなんてラフな格好をした自分が恥ずかしく思えた。田舎《いなか》娘の私と、品のいいお嬢様みたいな子。あの子が拓海の彼女だとしたら私は——

そこで拓海と目が合った。自転車が倒れた音で気づいたのかもしれない。彼がこちらを見ている。見開いた目、何かを言いかける唇《くちびる》。

私は、顔を背けた。

「店に戻る」

何も考えたくない、見たくない。ぜんぶ嘘《うそ》だと言ってほしい。

逃げ出さなければ押しつぶされそうだった。自転車を拾い上げて跨《また》がる。頭は混乱していて、ハンドルを握る手が滑《すべ》りペダルを踏む足がもつれる。それでもここから逃げたい一心で、ふらつきながら前に進む。

「千歳ちゃん、待って！」

大海の叫ぶ声がしたけれど、振り返る余裕はなかった。

長い登り坂、自転車を漕《こ》いで、漕《こ》いで。

とにかく拓海から離れたかった。港で見てしまったものを受けとめることができなくて、涙がぽたぽたと落ちる。立ち止まれば拓海のことばかり考えてしまうから、振り払うようにひたすら足を動かした。

港からコンビニまでの道のりは見慣れすぎていて、拓海が帰ってくることを信じていた日々を思いだしてしまう。待ち続けた三年間。高校の制服を着て、ひとりでこの道を歩いたこと。海の向こうを眺めて拓海のことを考えたこと。自転車を漕《こ》いで迎えに行った今日も、ここを通って拓海のことを考えていた。それらの記憶が虚《むな》しさに変わっていく。

「っ、拓海の、ばか。ばか。知らない。最悪。ばか」

涙を止めたくて悪態をつくも、残念ながら効果はない。満水の容器に生じた亀裂《きれつ》からとめどなく水が漏れていくように、涙は止まってくれない。

そんな顔でコンビニに戻ってしまったから、レジカウンターにいた奥さんは、私を見るなり慌《あわ》てて出てきて、何も聞かずに抱きしめてくれた。

「何があったんだ？　鹿島の兄貴は？」

騒《さわ》ぎに気づいて店長も出てくる。馴染《なじ》みの声を聞いて、ようやく頭が冷えた。

「仕事抜けてすみません。もう大丈夫です」

「千歳ちゃん。何があったのかわからないけれど、つらいときは無理しなくていいのよ。どうせ今日は暇《ひま》なんだから、主人ひとりでもなんとかなるわ」

「そうだ。俺に任せとけ。今日はもう休んでいいぞ」

「いえ、働きたいです。そのほうが楽なので」

拓海のことがずっと頭から離れない。けれどそれと向きあう余裕がないから、感情とか記憶を遠くに放り投げてしまいたかった。段ボールに詰めてガムテープをぐるぐる巻いて、二度と開けられないように封印してしまいたい。

普段の生活に戻らなきゃいけないと根拠《こんきょ》のない焦りが胸中を占《し》めていた。だから働いて、今まで通りに戻りたかった。

本島では二十四時間営業のコンビニも、美岸利島では二十一時に閉店だ。滅多《めった》なことがない限り島民は夜中に出歩かないので、深夜に店を開けてもあまり実入りがないし、店長夫婦の都合もあって閉店時間は早い。とはいえ、閉店後も店内の清掃や品出しなどの仕事があるので、解放されるのは二十二時前だ。

従業員用の裏口から出て自転車のほうへ向かう。店長は店に残っていたし、奥さんはコンビニ裏にある自宅に戻っている。バスの最終時刻もすぎたこの時間に外をうろつく人は少なく、いつも通り自転車が一台残っているだけのはずだった。

自転車の隣。人影。私以外の誰かがいると気づき、息を呑《の》んだ。

「千歳」

私が声をかけるよりも早く、その人は短く言葉を発する。

声は今にも嗄《か》れてしまいそうなくらい小さいのに、影だけがやたらと大きい。すらりと伸びた体は、街灯が放つオレンジの光を浴《あ》びていた。

拓海だ。あれほど待ち望んだ鹿島拓海がこんなに近くにいる。

彼を認識してから、息をすることさえ慎重《しんちょう》になるほど体が緊張している。高揚《こうよう》感。好きな人が私を見つめていることはこんなにも幸せなんだ。込みあげる嬉しさの反面、冷えた頭は彼を拒否していた。昼間のことが浮かんでいるからうまく笑えない。ばくばくと急《せ》いた心臓は好意によるものか不安によるものか、その答えは出さないようにして自転車に近づく。

「ここで働いてるって聞いて、お前を待ってた」

ばつが悪そうに拓海は言う。私は何も答えたくなかった。

「お前に話があって」

「…………」

「千歳。待てって」

無視して通りすぎ、自転車のサドルに跨《また》がる。拓海なんてここにはいなかったのだと自分に言い聞かせて目を合わさず、ペダルを踏みだそうとした。

けれど自転車が動き出す瞬間《しゅんかん》。拓海が動いた。

「千歳！　聞いてくれ」

ハンドルを握った私の手に重なる、拓海の手。春の夜は肌寒いからその温かさが心地いい。でも昼間はこの手が他の子に向けられていたと思うと、触れた指先を憎く感じて、拓海を睨《にら》みつける。

「触らないで。彼女いるくせに」

苛立《いらだ》ち任せの発言とはいえ、『彼女』という単語を声に出してしまうことはとても怖かった。目の前で拓海に肯定されてしまえば、その事実を受け入れるしかない。

その恐れは現実となって、拓海は否定せずに手を離した。触れあっていた箇所《かしょ》が夜風に冷えていく。それは、私の心の冷え方と同じ。彼女がいるのは本当なのだと頭の芯《しん》に沁《し》みこんでいく。

「……ごめん」

拓海は静かにそう言った。何に対しての謝罪なのか、言葉にして確かめることは必要なかった。たぶん私も拓海もわかっている。

どうして彼女を作ったの。あの子が好きなの。ずっと約束を信じていたのに。言いたいことはたくさんあったけれど、口にすればもっとみじめな気持ちになる気がした。拓海は約束を守れなかったのに、私は信じていたと明かすようではばからしい。

「別に。謝る必要なんてないでしょ」

拓海のことを待ち続けていたなんて知られたくない。この男が約束を忘れてしまったのなら、私も忘れてしまえばいい。妙なプライドが勝《まさ》って、動きだした唇《くちびる》は止まらない。棘《とげ》だらけの言葉が溢《こぼ》れていく。

「彼女ができたんでしょ、おめでとう。つーか何、わざわざコンビニに来て話がしたいって、彼女ができました報告？　そんなのいらないって。惚気《のろけ》たいなら海に向かって叫べば？　可愛《かわい》い彼女ができてよかったね」

「千歳。俺は――」

拓海は何かを言いかけ、眉間《みけん》に皺《しわ》を寄せて苦しそうな顔をする。そして深く息を吐きながら私に告げた。

「約束守れなくて、ごめん」

「何それ、とっくに忘れた。あんたもそうだから彼女を作ったんでしょ」

「っ……それ、は……」

「帰るから。もう話しかけないで」

言葉の棘《とげ》は拓海と私のどちらに刺さっているのかわからない。確かめる余裕はなかった。昼間に大崩壊した涙腺《るいせん》が再び壊れてしまいそうで、これ以上拓海の顔を見ていることはできなかったから。

　自転車が動きだしても、後ろから追いかけてくる気配はない。拓海はまだオレンジ色の街灯の下に立ちつくしているのだろうか。振り返りたくなって、でもあいつには彼女がいるのだからと思いとどまった。

「約束なんて知らない。忘れた。消してしまえ」

　海岸線を自転車で走りながら、呪文のようにひとりごとを呟《つぶや》く。拓海と会った瞬間《しゅんかん》に幸福感を抱いてしまったなんて、私はばかだ。拓海なんて知らない。約束のことだってもう忘れてやる。

＊　＊　＊

　必ず叶うのだと信じていた恋が終焉《しゅうえん》を迎えた。けれど島の人達にとっては明るい日だ。島の野球少年が甲子園の地を踏み、本州で出会った彼女を連れ帰ってきたのだから。彼女連れで帰島した拓海の噂《うわさ》はあっという間に広まった。

　拓海は大学に進学せず、父親の事業の手伝いを選んだ。拓海の父が経営している会社は美岸利島の特産品を扱っていて、本島や本州の飲食店に卸し、ネットショップで個人客向けの販売もしている。美岸利島は漁業が盛んな島なので、水産物や水産加工品が人気だ。

さらに空いた時間があれば、足腰の悪い島民の家をまわって買い物代行をする。美岸利島に寄り添った仕事をする彼の父親は、島民から厚い信頼を得ていた。そんな彼を誇《ほこ》りに思っている拓海は、その仕事を継ごうとしている。

私は相変わらずコンビニと実家を行ったり来たりの日々。すぐ近くに鹿島家があるから、寄り道や出発時間を調整して、拓海と顔を合わせないようにしている。とにかくあいつと関わりたくなかった。

そうして一ヶ月が経《た》った。

「なあ、レジの上にある小銭《こぜに》って何だ？」

休憩が終わってカウンターに戻ってきた店長が言った。見れば確かに小銭《こぜに》がある。

「……あ」

思い当たるものがあった。先ほど来ていたお客さん、本町の鈴木《すずき》さんに渡すはずだったおつりだ。世間話に花を咲かせているうちに渡すのを忘れてしまった。

「すみません。おつりを渡し忘れました」

「おいおい、しっかりしてくれよお。最近ミスばっかりじゃないか」

店長は「まあ理由はわかっちゃいるけどさ」と呟《つぶや》いて、頭をかく。これ以上のお咎《とが》めはなく、あまり怒られないこともまた虚《むな》しい。

「おつり渡し忘れたお客さん、誰かわかる？」

「本町の鈴木さんです。あとで届けに行ってきます」

「レジ番代わるから行ってきていいぞ。戻ってきたらそのまま休憩入っていいから」

届けに行くべく上着を着ていると、コンビニの扉が開いた。やってきたのは大海だ。

「ちーっす。千歳ちゃん働いてるー？」と呑気《のんき》に言ってずかずかと店に入ってくる。

高校の帰り道にコンビニがあるので、シフトのない日でも大海はよく顔を出す。大海が通《かよ》っているのは島で唯一の高校で、そこは私の母校でもある。でも、シャツではなくパーカーを着てジャケットを羽織《はお》る大海のファッションセンスのおかげで、制服を懐《なつ》かしく感じない。別物のようだ。

鹿島兄弟は一歳違いの男兄弟のくせして、中身は似ていない。

中学生のとき、拓海は制服を着崩さず、むしろジャージでいるほうが多かった。学校指定のカバンにエナメルのスポーツバッグ、制服のシャツは丸めてカバンに突っこみ、ジャージの上に男子制服のジャケットなんてちぐはぐな格好をしていた。でもそれが不《ふ》思議《しぎ》と似あっていた。お洒落《しゃれ》に無頓着《むとんちゃく》な、野球命の男子。

「……千歳ちゃん？」

大海に声をかけられてはたと気づく。大海の姿をじっと見たまま考え事に耽《ふけ》ってしまっていった。

何かあるたびに拓海のことを考えてしまう癖《くせ》はなかなか抜けてくれない。情けないような悔しいような気持ちが込みあげるも、平静を装《よそお》って答える。

「鈴木さんにおつり渡し忘れたから、これから届けにいってくる」

「じゃあオレもついてこうかな、暇《ひま》だし」

「来なくていいよ。ひとりで行けるから」

「だってコンビニに残っていたら店長にコキ使われるしー」

店長の反応を窺《うかが》えば、腕まくりをして頷《うなず》いている。

「千歳ちゃんが届けにいっている間、配送の段ボール運びしてもらっていいんだぞ？　給料は出さねえけど」

「いーやーだー！」

「ま、それは冗談だけどもよ。今の千歳ちゃんはぼーっとしてるから、車道に飛びだしそうで怖くてな。大海もついてってやれや」

ひとりで大丈夫と主張するが店長と大海の意志は固く、大海は早々に店を出ていき自転車に跨《また》がり、店長も早く行けと急《せ》かす。結局、お供つきで本町に向かうことになった。

本町は島の中心部にあって、町役場や公民館、商店街がある。美岸利島は島の外側が住宅街で、中央に行くにつれ町の主要施設が増えていく。

鈴木さんの家は本町の外れにあった。町役場を通りすぎて鈴木さんの家に伺い、おつりを渡す。昔から知っている人だったので家もわかっていたし、おつりの件も「私こそ長話しちゃってごめんなさいねぇ」と許してくれた。

その帰り道。横断歩道で信号を待っていると、町役場の隣にある白い建物に目を奪われた。

「なんだっけ、ここ」

美岸利島にしては珍しくぴかぴかの外壁。確か去年建てられたような。この施設を利用したことがないのでいまいち覚えていない。すると大海が「知らないの？」と言った。

「病院だよ。島出身のお医者さんが帰ってきて建てたんだ」

「あー、そういえばみんな騒《さわ》いでたね。『美岸利島のブラックジャック』だっけ」

「そうそう。本州では有名な血液内科の先生だよ」

美岸利島出身の人が有名なお医者さんになったとは聞いたことがある。故郷に戻ってきたその人を、島民は『美岸利島のブラックジャック』と呼び、喜んで迎え入れた。

「でも病院なら島にもひとつあるのに、どうして新しい病院を建てたんだろ」

私は特に興味がなかったので、彼がどんな人で何をしたのか知らなかったけれど、大海が教えてくれた。

「ここは余命宣告が出た難しい病気の人達が使う病院なんだよ。シューマツイリョウって言うんだったかな、病気を治すんじゃなくて痛みを緩和《かんわ》させるんだってさ」

「病院なのに病気を治さないんだ？」

「うん。これが、この病院を建てたお医者さんのやりたかったことらしいよ」

「……だとしても、わざわざド田舎《いなか》の島に来ることないと思っちゃう」

「山も海も自然たっぷり、こののんびりとした空気がいいんだってさ。誰も知らない場所で終わりを迎えたいって考えの人に合うって聞いたよ」

海に囲まれた小さな島。テレビで見るような大型ショッピングモールはなく、コンビニも深夜営業はしない。インターネットの通販で買った品物は、離島料金加算があって配達日数もかかる。のんびりとしすぎている気がするのに、どうしてこの島を最後の場所に選ぶのだろう。それにブラックジャックって病を治すモグリの医者だったはず。誰がそんな名前をつけたのか。島民のセンスもずれている。

横断歩道の向こうをもう一度見る。車いすに乗ったあの人は余命を宣告されているのだろうか。親戚《しんせき》の死はあれど、両親や兄弟といった身近な人の死を経験したことのない私にとって、それは未知なるもののように思えた。

「詳しいね。物知り大海くんって呼んだほうがいい？」

「あー、いや、詳しくなったのには理由があって――」

ばつの悪そうな物言いは点灯した青信号に遮《さえぎ》られる。大海の自転車は逃げるように動き出し、私もそのあとを追いかけた。

大海の説明を思いだしながら病院を見上げる。島では少し浮いた、新しい建物。私がその場所を使うことはあるのだろうか。

通りすぎようとしたとき――そこで、病院のドアが開いた。

ふわ、と揺れたワンピース。太陽の下でもひときわ目立つ白い肌。視界の端に彼女が現れた瞬間《しゅんかん》、思わずブレーキをかけてしまった。

「……っ、今の」

自転車を止めて振り返る。見間違いではない。

港で見た拓海の彼女がいる。それだけではない。追いかけるように拓海も出てくる。

どうして拓海がここにいるのか。いや、隣の彼女は。

混乱する中、黒々とした瞳がこちらに向けられた。視線の先にあるのは私ではなく、大海だ。マスク越しだけれど彼女の表情が柔《やわ》らかくなったのがわかる。それから彼女はゆっくりと手を振った。

「ひろくんだ」

拓海もこちらを見る。大海と、それから私を。

拓海と彼女がデートをしている。状況からそう判断して、心のどこかが痛んだ。けれどそんな痛みなど悟られたくなくて、無表情を装《よそお》う。彼女は私に見向きもせず、こちらに歩いてきて「学校は？」と大海に訊《き》いた。

「ひろくん、どうしてここにいるの？」

「学校はもう終わって、えーっと……その……」

大海も彼女と面識があるらしい。拓海の弟だから当然のことだけど、置いてけぼりにされているような気がした。

拓海の彼女の声を聞くのは初めてだ。陰鬱《いんうつ》な空気など微塵《みじん》も感じず、月と太陽のどちらを彷彿《ほうふつ》とするかと問われれば、迷いなく太陽と答えるような高く澄《す》んだ声。美しい声の形容として『鈴を転がすような』という言葉があるのだと、国語の授業で学んだのを思いだした。その言葉がぴったり当てはまりそうな、可愛《かわい》らしい声だった。

そんな彼女の視線が今度は私に向く。おそるおそる覗《のぞ》き見るならまだしも、頭のてっぺんからつま先まで舐めるように観察してくるので落ち着かない。

「い、行こう。千歳ちゃん」

私の不快感は大海にも伝わったらしく、あたふたしながら急《せ》かしてくるけれど遅かった。彼女の目は爛々《らんらん》と輝いている。

「あなたが噂《うわさ》の千歳さんね⁉」

噂《うわさ》の、ってどういうことだ。眉間《みけん》にたっぷり皺《しわ》を寄せて睨《にら》みつけるも、彼女は意に介さずこちらに寄ってきた。その後ろでは拓海が慌《あわ》てて追いかけてくる。港でちらりと見た、彼女の両親らしき人達も病院から出てきたところだった。

彼女と拓海と彼女の両親が揃《そろ》い踏みなこの状況。なんだこれは。そんな中、彼女は私の前に立って言った。

「わたし、あなたに会ってみたかったの！」

「……私に？」

「だってたっくんの幼馴染《おさななじみ》さんでしょう⁉　ひろくんからもよくお話を聞いていたの」

「たっくん……ひろくん……」

「高校のときから、たっくんって呼んでいるの。可愛《かわい》いあだ名でしょう？」

奇怪なあだ名がついたものだ、と『たっくん』と『ひろくん』の表情を確かめる。私の冷ややかなまなざしに顔を逸《そ》らしていたことから、どちらもそのあだ名を受け入れ難《がた》いと思っているらしい。

しかし『たっくん』とは。あの拓海がそんな呼ばれ方をしているなんて。笑ってしまいそうな反面、どうしてか苛立《いらだ》った。

むすっとした私と異なり、彼女は無邪気《むじゃき》に微笑《ほほえ》んで自己紹介を始めた。

「わたし、宇都木華《うづきはな》って言います。あなたのお名前は？　千歳さんよね？」

「……嘉川《かがわ》千歳」

「うんっ。やっぱり千歳さんだった！　よろしくね」

私がそっけない返答をしたにもかかわらず、華さんはぐいぐいと迫ってくる。

「千歳さんもひろくんと同じコンビニで働いているのよね？　三人は幼馴染《おさななじみ》でしょう？　たっくんの中学時代のお話とか聞かせてほしいの」

間を置かず飛んでくる質問。この子はあれだ、天真爛漫《てんしんらんまん》というか天然というか、とにかく私と合わないタイプの子。私がうんざりしているのにも気づいていない。

彼女の両親がこちらへやってきた。一礼したあと、娘に声をかける。何やらぼそぼそと喋《しゃべ》っていて「外に長居すると体に悪い」とか「無理しないで」と言っているのが聞こえた。そのうちに両親は先を歩いていってしまった。

みんなで病院から出てくるってどういう状況だろう。横断歩道を渡って遠ざかっていく彼女の両親を眺めて、首を傾《かし》げた。

病院に通《かよ》う理由が拓海にあるとしたら、大海もしくは鹿島家の母親経由で私の耳にも話が入るはず。でも聞いたことはない。だとすれば、華さんの両親どちらかが通《かよ》っているのだろうか。

「ご両親がここに通《かよ》っているの？」

「あ、驚かせちゃってごめんね。通《かよ》ってるのは親じゃないの」

細い指はくるりとしなって、華さん自身に向けられる。マスクをつけた華さんは、穏《おだ》やかに目を細めて続けた。

「わたし、悪性リンパ腫なんです」

あくせいりんぱしゅ、あくせいりんぱしゅ。

頭の中にある辞書を開いてみるけれど、あまりピンと来ない。どういう病気なのか見当がつかなかった。そんな私のために拓海が口を開く。理解していないのを察して、フォローを入れたのだろう。

「白血球の中にあるリンパ球ががん化する病気。血液のがんだ」

がんならば聞き覚えがある。肺がんとか大腸がんとか。完治した人の体験談をテレビで見た程度で、あまり身近にないものだから『怖い病気』という漠然《ばくぜん》としたイメージだ。がんは年老いた人が患《わずら》うものだと思っていたから、若い子が発症することに驚いた。でも目の前にその患者がいる。

この話が嘘《うそ》でないことは、彼女が出てきた建物が物語っている。近くで見ると不気味《ぶきみ》なほど白くきれいな病院だった。

若くしてがんと闘《たたか》う華さん。彼女の存在は、閉塞《へいそく》した私の世界を無理矢理にこじあけ、価値観を塗り替えていくようだった。私が知らないだけで、この世界には年齢問わずたくさんの人がその病と闘《たたか》っているのかもしれない。私の知らないものを知る華さんが、こちらをじっと見て微笑《ほほえ》んでいることがなぜか恐ろしく感じた。

「あ、そんな顔しないで。笑って」

私はどんな顔をしていたのだろう。華さんの一言で我に返るも、彼女にかける言葉が見つからず唇《くちびる》は閉ざしたまま。華さんは手を柔《やわ》らかく振って、言った。

「わたし、病気のことは気にしていないの」

「手術が終わったとか治療が終わったとか、そういう意味？」

拓海も大海も、何も言わない。特に拓海は俯《うつむ》いていて、私だけが理解できていないようだった。疎外感《そがいかん》を抱く私に、彼女は「少し違うかな」と口を開く。

「治療はしたのよ。一時はよくなったけど再発しちゃったから」

「再発……ってことは今も、その病気を患《わずら》っているの……？」

「そうね。だけど気にしないことにしたの。病気なんてもういい。治療したって無駄。再発を繰り返すぐらいなら好きなことをして、幸せに終わりたい」

終わるってどういう意味だろう。死を連想するも、その言葉が持つ物悲しさとは逆に、華さんが嬉しそうにしていたから判断が難しい。戸惑《とまど》う私に、華さんは笑顔を崩さず残《ざん》酷《こく》な言葉を紡《つむ》いだ。

「これ以上つらい思いはしたくない。最後は好きな人に看取《みと》られて終わりたいんです」

好きな人というのは――その対象であろう拓海に視線を移すと同時に、彼が動いた。

「ばかなこと言うな。お前はもっと前向きになれ」

「ふふ、たっくんまでお母さんと同じこと言うのね。わたしはじゅうぶん前向きよ」

「そうじゃない。生きろって話をしてるんだ」

ここにいる拓海は華さんの彼氏なんだ、と再認識してしまうほどにふたりの世界だ。病を患《わずら》った女の子が彼氏に支えられて生きる話なんて、まるでテレビや映画の物語みたいで、病と闘《たたか》う華さんには申し訳ないけれど、ふたりが輝いているように見えてしまった。

去年の夏に読もうとして挫折《ざせつ》した、読書感想文の本を思いだした。泣ける青春ラブストーリーと銘《めい》打つあの話からヒロインとヒーローが飛びだしてきたのかもしれない。汚《けが》れのない美しい物語を読んでいる気分だ。その一方で、美しいなどと考えてしまった自分が嫌だった。彼女が語るものは『死』であって、それは美しさと無縁《むえん》の悲しいものである。華さんをそのように見てしまったことに罪悪感が湧《わ》く。そして彼女が重い病を患《わずら》っていると知ってもなお、拓海の彼女であることに嫉妬し、苛立《いらだ》っている。そんな幼《よう》稚《ち》な自分が嫌だった。

「千歳さん、あのね」

拓海との会話は終わったらしく、今度は私に話の矛先が向けられる。

「あなたと友達になりたいの」

「……私、友達作らない主義だから」

だって相手は拓海の彼女だ。それに私は病気への理解度が低く、彼女を理解することが難しいだろう。

「千歳さんが嫌でも、わたしが友達になりたいんです。だから今度、コンビニに伺いますね」

「来なくていい。じゃ、私はもう行くから」

拓海の彼女や病気ということを抜きにしても、こういうタイプの子と相性が合わないので友達になれる気がしなかった。無視して自転車に乗る。タイミングよく信号が青に変わったので、力強くペダルを踏んで逃げ出した。


バイトが終わっても家に帰る気になれず、コンビニで買ったアイスキャンディの袋を持って石階段に腰を下ろした。夏が近づいて日が長くなっているため十八時でも明るい。

グレープ味のアイスキャンディを咥《くわ》えたまま、カバンを探る。取りだしたのは、店長の奥さんに貸していた本だ。ちょうど今日返ってきた。

帯《おび》に書かれた『何度読み返しても泣ける青春小説』の文字に、昼間に聞いた華さんと拓海の関係を思い浮かべ、ページをめくる。

去年の夏は結局読み切れず、いい加減な感想文を書いて提出してしまった。奥さんは面白かったと言っていたけど、どんな結末になるのか私は知らない。

物語は、高校生の女の子が体調を崩すところから始まる。病が判明して失意の底に落ちるも、同級生の男の子に励まされ、彼と共に過ごすうちに生きる希望を見出していく――途中まで読んで、視界が滲《にじ》んだ。

柔《やわ》らかなクリーム地に印刷された文字が表すのは、まさしく拓海と華さんだ。ひたむきで可愛《かわい》らしい女の子が華さんで、生きる希望を与えてくれるヒーローが拓海。

何度読み返しても泣けると書いてある帯《おび》は正しい。私は結末に至らずともこうして涙をこぼしている。だって、美しすぎるから。この物語も拓海と華さんの関係も。

私と拓海の関係はハッピーエンドになるのだと信じていた。物語の主役は私なのだと信じて疑わなかった。でもそれは違っていた。脇役だ。この本に出てくる、主人公の友達である女の子が私。私は主役じゃなかった。

「あー！　千歳ちゃんみーっけ！」

本を半分まで読んだところで声がした。見れば石階段の下に大海がいて、目が合うなりクワタと共に駆け足で階段を上ってくる。きっとクワタの散歩をしていたのだろう。

「何してんの、寄り道？」

「そんなとこ。あんたはクワタに散歩してもらってたんでしょ」

「そうだワン！　ってちげーし、オレが飼い主！　ご主人様！」

大海は隣に座ってぎゃいぎゃいと騒《さわ》ぐ。その間クワタは大人しくしていたから、これでは大海よりクワタのほうが賢く見える。

「で、何してんの？」

「読書」

「千歳ちゃんが夏休みの宿題以外で本を読むなんてめっずらしー。でもさ、家で読めばいいじゃん。暗くなってきてるよ？　文字見えてる？」

「そういう気分じゃなかったの。今日は考え事したくて」

するとと大海は何かを察したらしく、真剣な、でも少し悲しそうな顔をしていた。

「もしかして華さんのこと考えてた？」

「そう。大海は知ってたんでしょ？」

「……まあね。兄貴が帰ってきたあとで、華さんのことを聞いたよ」

それから観念したように「オレは、千歳ちゃんに言わないほうがいいって思ってたけど」とため息を吐いた。

ここ最近の私は勤務中にミスばかりするほど集中力を欠《か》いていた。その理由が拓海に関わることと判断し、話さないほうがいいと配慮《はいりょ》してくれたのだろう。心配しての行動だとわかっているけれど、置いてけぼりのような気持ちは消えず、なんとも複雑だ。

「華さんの病気って、治る見込みがないの？」

「骨髄《こつずい》移植って手段があるけど……あの通り、華さんが嫌がっているから」

すべてを拒否して死を選ぶほど、つらい治療だったのだろうか。がんという病を遠く感じている、知識のない私には、そのつらさが想像し難《がた》い。しかし生半可《なまはんか》な想像でわかった風に語るのも嫌だ。だから、ふうんと短く相づちを打つだけにした。

「兄貴と華さんの話をして、千歳ちゃんは平気？」

「別に。拓海と私は何も関係ないし」

「……それならいいんだけど」

大人しく座っているクワタの頭を撫《な》でる。短い毛はさらさらで気持ちよくて、頬《ほお》を埋《うず》めたくなる。泣いていると誤解されそうだからしないけど。

「華さんが島に来たのは、病と闘《たたか》う決意をしてもらうためなんだ」

「つまりは、拓海が生きる希望みたいな？」

「兄貴と一緒にいたら華さんが生きたいって思うかもしれない。環境を変えて島に住むこともいい影響になればって話でさ。あの病院の先生が華さんの知りあいらしくて」

「なんだっけ。美岸利島のブラックジャック？」

「そうそう。本州にいた頃に知りあったらしいよ。ここでは痛みの緩和《かんわ》しかできないけど、心を許せる先生と恋人がいる島で治療する元気を取り戻そうねってことで、ご両親と華さんは美岸利島に移ってきたんだよ」

聞けば聞くほど、あの本が浮かんでくる。ヒロインの華さんに生きる希望を与えるヒーローなんて、拓海らしい。ふたりは本に出てくるような青春に溶けこんでいる。スポットライトが当たっている。

それに比べて、私がいる場所のなんと暗いことか。華さんが重い病を背負っているとわかっていても、スポットライトの当たらぬ脇役の立ち場を寒々しく感じてしまう。素直に華さんのことを考えられず、ひねくれた自分が情けない。

「華さんは死にたいって言ってるけど、兄貴が生きろって言ってる。今のふたりはそんな感じだなあ」

「……なんだか、拓海らしい」

「野球は敵わないし格好いいことばかりするし、おいしいところもオレが欲しいものも、ぜんぶ持っていって、オレの担当はクワタの散歩だけ。何やっても兄貴に敵わないや」

言い終えたあと、大海は頬杖《ほおづえ》をついた。その視線は石階段を下りた遠く、夜の闇に呑《の》みこまれて見えなくなりそうな野球場に向けられていた。

「でもオレは、兄貴と千歳ちゃんがくっつくと思ってた。ふたりが付きあえばよかったのにって思ってる」

「それは無理な話だねぇ」

そう。無理だ。この舞台の主役は華さんと拓海で、私のような脇役に出番はない。いつか夢見た未来は叶わないのだ。

「拓海と華さん、お似あいでしょ。女の子らしさ満点の可愛《かわい》い子が拓海には合う」

「……それ、本気で言ってる?」

私は頷《うなず》く。結果的に拓海が選んだのは可愛《かわい》らしい華さんなのだ。それはどうあっても変わらないのに、大海は怪訝《けげん》な顔をして言う。

「千歳ちゃん、泣いてたじゃん」

「私が? いつ?」

「さっき。本読みながら」

見られていないと侮《あなど》っていた。声をかける前から見ていたのかもしれない。けれど拓海のせいで泣いているとは、意地でも認めたくなかった。周りにもそう思われたくない。言い訳をするように、カバンにしまった本を取りだす。

「それは違う。これ読んで感動してただけ」

「この本って去年の夏にも読んでなかった? どう、面白い?」

「知らない。最後まで読んでないから」

「うわあ、さっすが千歳ちゃん。読み終わったら、オレにも貸してよ。千歳ちゃんを泣かせる話って気になる」

「いいよ。貸してあげる」

「読み終わってからでいいよ？」

「もう読めないから、いいの」

本を開くたびに自分が脇役だと気づいてしまうから、結末を読む気にはなれなかった。今はハッピーエンドの物語も摂取《せっしゅ》したくない。

風が冷えてきて、辺りも暗くなっていく。クワタもつまらなさそうにしているし、私が帰らないと大海も帰ろうとしないだろう。「そろそろ帰る」と言って立ち上がり、ショートパンツについた汚れを払っていると大海が呟《つぶや》いた。

「オレでよかったら話を聞くからさ。思ってること溜《た》めないで、話してよ」

「……気が向いたらね」

「そうやってひねくれないでさー。素直になれば楽だって」

素直になったところで、何が変わるのだろう。欲しかった未来だって手に入らないのに。

けれど心配してくれたことは嬉しいから、大海の頭をぽんぽんと撫《な》でた。

「気遣ってくれてありがと」

「うわ。なんか子ども扱いされてるみたい」

「子どもっていうか弟ね」

「えー。勘弁《かんべん》してよー」

ここが石階段という思い出の場所だからかもしれないけれど、大海の頭を撫《な》でているとどうしても比較してしまう。拓海に比べて髪は長く、触り心地が違う――ああ、だめだ。拓海のことなんて忘れなきゃいけないのに。

拓海には彼女がいる。だから、この感情は消さなきゃいけない。

＊＊＊

海は、凪《な》いでいると思えばあっという間に荒れたりする。ならばいっそ船を出さなければいいのだ。陸に引きこもっていれば海がどうなろうと関係ない。だから私の心だって、拓海と華さんを遠ざけた場所に引きこもっていればいつか落ち着くのだろう。

そう思っていた矢先、陸で引きこもる私を無理矢理海に引きずり出すみたいに、華さんは突然やってきた。

「千歳さん、こんにちは」

勤務中を狙っての襲撃《しゅうげき》だ。白のふわりとしたワンピースを着て、マスクと帽子は欠《か》かさない。コンビニに入ってまっすぐカウンターにやってきたので、私目当てらしい。

「冷やかしは他のお客様のご迷惑になりますのでお帰りください」

「ふふ。他のお客様はいないと思うけど」

来店時間が平日昼すぎというのもまた憎いところ。学生は学校に行っているし、おばあちゃんおじいちゃんがたまに寄るぐらいの暇《ひま》な時間だ。

華さんは、無愛想《ぶあいそう》な態度を取る私に怯《ひる》むことなく、カウンターに手をついてこちらを見ている。マスクをつけていてもにこにこ笑っているのが伝わってきた。

聞き慣れない来店客の声に反応して、奥で調理作業に当たっていた店長が顔を出した。夕方に向けてポテトやナゲットを用意していたので、トングを持ったままだ。

「いらっしゃいませー……って、噂《うわさ》の彼女ちゃんか。話は聞いてるよ」

「はじめまして。宇都木華です」

店長まで拓海の彼女を知っていたとは。島の情報網おそるべし。

店長は私と華さんの顔を交互に眺めて「お前ら仲よくなったのか？」と聞いた。首を横に振って否定しようとしたけれど、華さんのほうが早く答えた。

「友達なんです」

「私友達作らない主義って言ったでしょ」

するとと店長が笑った。

「いいじゃねぇか。仲よくしてやんなよ千歳ちゃん」

「嫌です。私勤務中なんで雑談とかできません」

「よく言うよ。こないだ本町の野原《のはら》さんと十五分長話してたのにな」

都会のコンビニならそういうのは許されないのだろうけど、ここは田舎《いなか》な上に、コンビニの前身は個人商店。改装する前はレジの隣に小あがりがあって、近所の人が来ると奥さんがお茶を持ってきて世間話を始める。店の外にあるベンチは、子ども達の溜《た》まり場で、買ったばかりの駄菓子を食べるのに最適だった。コンビニの看板をつけると共に小あがりやベンチは撤去《てっきょ》されたものの、独特のゆるさは健在だ。

観光シーズン以外にやってくるお客様のほとんどは顔見知りという、売り上げが心配されそうな店だけれど、ここはお店以外の大事な役目も担《にな》っていた。例えば店のガラス越しに、海岸線を歩いていくおじいちゃんが見えたときのこと。様子がおかしいので家に連絡を入れると、認知症《にんちしょう》のため徘徊《はいかい》していた。あと、来店した顔見知りの客とは必ず言葉を交わすようにもしている。ひとり暮らしをしているおばあちゃんが、いつもは饒舌《じょうぜつ》なのに片言しか喋《しゃべ》れなかったことがあった。店長が異変に気づいて救急車を呼んだところ、脳卒中だったらしい。気づくのが早かったのでこのおばあちゃんは助かった。つまり、このコンビニは深く町に根づいている。商品とお金のやりとりだけでなく、個人の付きあいもあった。

私は、このゆるさが好きだ。いろいろな人達の、いろいろな日常を見ているようで、雑談も楽しい。けれど相手が華さんとなれば話は別。憂鬱《ゆううつ》になる。

「わたし、また来ますね。このお店、気に入っちゃった」

「勘弁《かんべん》してよ……」

華さんにも聞こえるようにぼやいたけれど、彼女はまったく動じない。やっぱり、このタイプの人は苦手だ。

＊＊＊

華さんがコンビニに来るようになって何日も経《た》った。追い返したりそっけない態度をとったりしたけれど、彼女は諦めない。

「こんにちは。お邪魔します」

その日も華さんがやってきた。相手が華さんだとわかれば、私の接客スマイルも失われる。露骨《ろこつ》にため息を吐いて、はっきりと不快感を示す。

「いらっしゃいませー。どうぞお帰りください」

「千歳さんのいじわる――店長さん、お邪魔しますね」

華さんは来るたびに控え室や調理室に向けて挨拶《あいさつ》をしていた。姿が見えなくても声をかける。その気遣いは店長の心をがっしりと掴《つか》んで、今や華さんが来るたび鼻の下を伸ばしてデレデレしている。それに加えて「女の子は愛嬌《あいきょう》だよ。千歳ちゃんにはそれが足りてない」などと言ってくるので、私は複雑なところだ。

そんな店長は今日も華さんの来訪《らいほう》を嬉しそうにしていた。目元口元ゆるゆるで、店の奥に飾っている恵比須《えびす》様みたいな顔をして言う。

「やあ華ちゃん、体調は大丈夫かい？」

「ええ。最近落ち着いているので」

「そりゃよかった――ほら千歳ちゃん、パイプいす出してあげて」

「なんで私が……店長が持ってきてくださいよ……」

ぼやきながら見ると、今日の華さんはいつもと違う気がした。相変わらずマスクに帽子の厳重装備だけれど、どうも顔色がよくない。

「具合悪いなら帰りなよ」

私がそう言うも、華さんは「だいじょうぶ」と言ってパイプいすに座った。ただでさえ白い肌が今日は一段と白く、むしろ青に近い気さえする。

「今は島のアパートに住んでいるんだっけ。病院に入院しないの？」

「通《かよ》っているだけよ。わたし、もう入院なんてしたくないから」

一度も入院したことのない私には、それがどういうものか想像がつかない。「ふうん」とそっけなく相づちを打って、カウンター下の、華さんから見えない位置でスマートフォンを操作する。一言の短いメッセージを送り終えたとき、華さんがしんみりと告げた。

「わたしね、高校一年生の秋に病気がわかったの。それから抗がん剤治療を受けることになって、しばらく入院していたのよ」

「その間って学校はお休み？」

「うん。早く治して学校に行こうって思ってた。わたし、野球部のマネージャーだったから部活のことが気になっていたの。早く治して、甲子園を目指すみんなを手伝わなきゃって」

今の華さんしか知らない私には、野球部のマネージャーだった彼女が想像できない。

私は部活と無縁《むえん》の生活だったけれど、マネージャーをしていた同級生が肉体労働だと嘆《なげ》いていた。中身たっぷりのウォータージャグを両手にひとつずつぶらさげて歩く姿は逞《たくま》しく、これは鍛《きた》えられるだろうなと思ったぐらいに。体も腕も細くて白い華さんに、あのウォータージャグは不似あいだ。

もしかしたら、と気づいた。病気になる前の彼女はもっと健康的で、重たいものを持ってもおかしくないような姿をしていたのかもしれない。彼女は明日の天気でも話すような軽さで自分の病を語るから、感覚がわからなくなる。

「治療が終わって学校に戻れたけど……やっぱりだめだった。再発していることがわかって、またやり直し。最初の治療は無駄だったのかって思ったら嫌になっちゃう」

「私はそういう病気とかよくわからないから、傷つけちゃうかもしれないけど。再発してもまた治療すればいいんじゃないの？　それじゃ治らないの？」

すると華さんは「普通はね」と言った。

「二回目の治療が終わって寛解《かんかい》になったけれど、わたしの場合は再発する可能性が高いみたい。完全に治すためには骨髄《こつずい》移植をしたほうがいいって言われちゃった」

「じゃあ移植すればいいじゃん」

すると華さんは「ふふ」と笑った。それから首を横に振る。

「移植すれば治るかもしれない。でもこれ以上苦しい思いはしたくない。再発に怯《おび》えてひやひやするのも、狭い病院に閉じこもって周りに置いていかれるのもうんざり。好きなもの大切なものから離れて、つまらない場所にひとりぼっちよ。その間、同い年の子は楽しい思い出を作って成長していくのにね。友達や野球部の子達がお見舞いにきても、話すのはわたしの知らない出来事ばかり。嬉しいけれど、なんだか悲しくて」

華さんの話を聞きながら考える。例えば風邪で学校を休んだときのこと。休み明けの授業は、内容が進んでいてノートは空白ができてしまうし、周りの話題も新しいものに変わっている。たった一日、クラスの何人かが集まっただけで物事は大きく変わる。風邪なんて引かなければよかったと思ってしまう孤独感。華さんの場合はそれよりももっと長い、何週間何ヶ月間というレベルで生じる空白だ。治療の苦しみは想像がつかないけれど、置いてけぼりの空白は私でも想像しやすい。

「だからいいの。治療もしないし入院もしない。わたしらしく生きて、死ぬ。好きなことをたくさんして、自由に生きて、終わりを迎えたい」

「死ぬ……ねぇ」

コンビニには不似あいな『死』という単語。華さんにとっては終わりかもしれないけれど、残された人はどうなるのだろう。彼女が死んでしまったら、拓海はどうなる。

華さんに気づかれないよう、視線だけを動かしてスマートフォンを見る。送ったメッセージにはすぐに既読がついていたから、そろそろ来るかもしれない。

「ふふ。千歳さんって面白い」

その一言で我に返って華さんを見る。スマートフォンを盗み見ていたことに気づかれたのかと焦ったけれど、どうやら違うらしい。

「友達になる気はないって言っていたけれど、ちゃんとわたしの話を聞いてくれる。『病気のこと詳しく知らないから傷つけるかも』と前置きをするのも、千歳さんの優しさね」

「……別に。私は優しくないけど」

「たっくんもひろくんも言ってたの。『千歳さんは天邪鬼《あまのじゃく》だけど根はいいヤツ』だって」

「人のいないところで好き勝手言ってくれてどうも」

何がいいヤツだ。拓海はどうでもいいとして、大海はあとでとっちめてやる。今日の夕方、私と入れ替わりでバイト予定だから覚えておけ。

「でもわたしの感想はふたりと違うかな。千歳さんはいいヤツじゃなくて、臆病《おくびょう》なのかも。もう少し素直になったほうがいいと思うなあ」

「私が臆病《おくびょう》って――」

言いかけたところでコンビニのドアが開いた。開いた隙間《すきま》からなだれこむ外の空気と共に、荒い呼吸音。

どうやら走ってきたらしい拓海が額の汗を拭《ぬぐ》わずにレジ前へと寄った。

「華、大丈夫か？」

「あれ、どうしてここに？」

仕事中の拓海がどうしてやってきたのかわからず、華さんは混乱しているようだった。

私はスマートフォンを取りだしてひらひらと見せつける。

「その救急車モドキを呼んだの、私」

「どうして、わたしなら大丈夫だって――」

「具合が悪いんでしょ。ここで倒れられても困るから、彼氏と仲よく帰りな」

すると華さんは諦めたように息を吐いて、それから言った。

「……やっぱり『いいヤツ』なのね、千歳さんって」

「さっさと帰って。仕事の邪魔」

「わかった。千歳さん、また来るね」

そう言って華さんはゆっくりと立ち上がり店を出ていく。

拓海もそのあとを追いかけるのだろうと思っていたけれど、何を思ったかその場にとどまっていた。

ちらりと視線を動かして、拓海の靴《くつ》がまだそこにあることを確認し、顔を逸《そ》らす。目を合わせる気はなかった。

「千歳」

じり、と靴音《くつおと》が聞こえた。近くにいる。拓海がこちらを見ている。

拓海が近くにいるとどうしても高揚《こうよう》感が生じてしまう。それはもう昔から染みついたもので、今更消えてくれない。癖《くせ》みたいなものだ。そんな自分が情けなくて、その感情を表に出さないよう唇《くちびる》を噛《か》む。

「ありがとう」

彼の言葉に返事をせず、背を向けた。拓海がコンビニを出ていくと、店内は昼間の閑《かん》散《さん》とした空気に包まれた。

＊＊＊

五月半ばになった頃。

二十一時すぎにバイトが終わって家に戻ると、居間が騒《さわ》がしかった。玄関は靴《くつ》で溢《あふ》れかえっていて、男物のスニーカーも二足並んでいる。これは拓海と大海のものだ。なんで我が家に。

すると、私の帰宅に気づいた母が居間から走ってきて「遅い！」と言った。

「みんな待ってるのよ。どうせ寄り道して帰ってきたんでしょ」

「寄り道はしたけど……今日、なんか用事あった？」

するとと母は盛大にため息をひとつ吐いた。

「叔母さんが来るって何回も言ったじゃない。今朝も言ったでしょ。まったくあんたは」

「えー……覚えてない」

「最近のあんたはぼんやりしすぎ。みんな待ってるから、挨拶《あいさつ》してきなさい！」

叔母というのは父の妹だ。随分昔に島を出て、今は札幌《さっぽろ》で飲み屋さんを経営している。陽気で社交的な性格をしていて、酔っぱらうと若い頃の自分は島のアイドルだったという自慢話が長々続く。

嘉川家と鹿島家は家が近いだけでなく、父親同士も幼馴染《おさななじみ》なのでたびたび集まっていて、今日は叔母のため鹿島家の全員が我が家に揃《そろ》っていた。つまり居間に拓海がいる。

気が滅入って、居間に入りたくなかった。でも叔母が待っていると聞けば逃げられない。

さくっと挨拶《あいさつ》をして部屋に引きこもる。そう決意して、居間の扉を開けた。

「あらー！　千歳ちゃんおかえりー！」

居間の酒臭さと叔母の赤らんだ頬《ほお》から、すでにみんな出来上がっているらしいと悟る。

嘉川・鹿島双方の父親達が酒飲みである上、叔母はそれを上回る二日酔い知らずのザルだ。空いた酒瓶の数が尋常ではない。酔った大人達に絡まれる未来が浮かんで、拓海関係なしに自室で引きこもりたくなる。今すぐ逃げたい。

　拓海と大海は身を縮ませて並んで座っていた。大人の勢いに気圧《けお》されている。

　こうして我が家に拓海がいることは不思議《ふしぎ》じゃない。昔からよくあった。小さい頃はよく私の部屋で遊んだものだ。だというのに、現在の拓海が居間にいることが奇跡のように思えて、景色に馴染《なじ》めずぽっかりと浮いている気がした。

「千歳ちゃんったらまーた可愛《かわい》くなっちゃって。こりゃ私に似たんだねぇ。ほらほら、こっちに座って。お腹減ってるでしょ、お土産持ってきたから食べて！」

　叔母の声に反応し、拓海が顔を上げてこちらを見る。まじまじと観察していたことを知られるのが嫌で、意地になって視線を逸《そ》らした。

「拓海の隣空いてるから！　ね！」

　立ちつくしている間に、叔母が言った。

「いや、私は部屋に――」

「昔から拓海と一緒だったじゃない。お似あいのふたりだよ、ほら、並んで座って！」

　ぐいぐいと手を引っ張られ、抵抗も虚《むな》しく誘導《ゆうどう》される。せめて大海と拓海の間であれば大海という逃げ道があったのに、叔母と拓海の間で退路が見当たらない。これなら挨《あい》拶《さつ》なんてしなければよかった。座布団を叔母のほうに寄せたのはちょっとした抵抗だ。

「千歳」

座ろうとしたところで、拓海が口を開いた。こちらをじっと見上げてくるので、これでもかというほど不機嫌を盛りこんだ声で聞き返す。

「何？」

「……いや、なんでもねえ」

じゃあ話しかけなくていいのに。中途半端《ちゅうとはんぱ》な拓海の態度に腹が立ったけれど、それ以上会話をする気はなかった。その間に大人達の話題は拓海のことに移る。

「それにしてもあの拓海が甲子園に出るなんてねぇ……おばちゃん、テレビを見ながら泣いちゃったよ」

「もー、その話何回目だよ。おばちゃん、ぼけちゃったのー？」

けたけたと笑ってツッコミを入れたのは大海だ。大人相手でも物怖《ものお》じしないのは素晴らしい。

「私はねえ、首がすわる前から拓海を抱っこしてたんだよ。あの小さかった拓海が今はこんなに立派になって……うぅ」

大人はやいやいと盛り上がっているけれど、私は隣の席が気になった。話題の中心にいるだろう拓海は無言を貫《つらぬ》いて、それどころか表情も硬い。みんな拓海の活躍について話しているのだから何かしら反応すればいいのに。なんとも難しい男だ。

しらけた顔のままオレンジジュースに口をつけている拓海に声をかけた。

「なんか言わないの？」

「……特に言うことねーな」

「あっそ。つまんないやつ」

テーブルには母が事前に注文していたのだろうオードブルが並んでいたけれど、揚げ物のところはぽっかりと空いて、添え物のレタスだけが残っていた。

周りの様子を見るに、そこにあったのはカニクリームコロッケだろう。拓海の好物だ。初めて食べたときあまりの柔《やわ》らかさに驚いて虜《とりこ》となり、三日三晩食べても飽きないとまで語っていた。そのコロッケは拓海の小皿に積まれて、ピラミッドのようになっている。

でも拓海はひとり占《じ》めなんてする性格ではない。他の人も食べるかもしれないと躊躇《ためら》って、そのうちに食べ逃す男だ。おそらく叔母が「どんどん食べてね！」と押しつけた結果だろう。想像すると笑ってしまいそうになったけれど、不機嫌を装《よそお》うべく堪《こら》えた。

その間にも叔母達は大盛り上がりだ。新しい酒瓶に手をつけ、まだ宴は終わらない。

「千歳だってこーんなに小さかったのに今はめんこくなって。でも大海は昔と変わらないねえ、ねんねの赤ちゃんから今日まで変化なしだ」

「うわ、おばちゃんひどいー！　オレだって大きくなったじゃん⁉」

「ええ？　私にはそう見えないねえ。どれ大海、おむつ替えてあげようか」

「おむつしてないってばー！」

子ども代表として、大海だけここに残せばいいのではないかとさえ思う。こういうときにも大海はいじられキャラとして可愛《かわい》がられている。

矛先が他に向けられている今が部屋に引き上げる絶好のタイミングだ。

物音を立てないよう静かに立ち上がろうとして、そこで拓海が言った。

「どこに行くんだよ」

そんなこと聞いてどうする。私はあんたと何の関わりもないのに。彼の物言いに苛《いら》立《だ》って、つい荒い口調で言い返す。

「関係ないでしょ」

「飯、ぜんぜん食ってねーだろ」

「それがあんたに関係ある？　あんたが気にするべきは私じゃなくて華さ——」

あてつけのように華さんの名前を出しかけたところで、このやりとりに気づいたらしい叔母が目を丸くしてこちらを見た。

「やだあ、ふたりとも喧嘩してたのかい？」

喧嘩だと思ったらしい。叔母は私の肩をぽんぽんと叩《たた》いて笑顔で続ける。

「早く仲直りするんだよ。千歳と拓海は昔から仲よしだったじゃないか。私はねぇ、千歳と拓海のふたりがいつ結婚するのか楽しみで楽しみで。そのときはおばちゃんお祝いに駆けつけるからねぇ」

結婚。そのワードが飛びだした瞬間《しゅんかん》、私の体が凍りついた。

見渡すと、私だけでなく居間全体も静まり返っていた。拓海の彼女を知っているから、叔母以外の大人達は表情を強張《こわば》らせている。

私と拓海がそうなるかもしれないと期待していたのは叔母だけではない。結婚の約束を知らなくとも、双方の親は私達の仲のよさに期待していた。拓海の母に『うちのお嫁さんは千歳ちゃんだねぇ』とからかわれたことは何度もある。叔母のこういった発言も初めてじゃない。華さんのことを知らないから、いつものつもりで喋《しゃべ》っている。

「中学のときかねぇ、拓海と千歳が並んで歩いているのを見たとき、お似あいだと思ったんだよお。それで、どうだいふたりは――」

付きあったりしないのかい？　そう言葉を紡《つむ》ぐのだとわかった。このまま黙っていれば拓海はどんな反応をするのだろう。淡々と「千歳とは何でもない」と言うのだろうか。それはそれで悲しい気もして。

視界の端で、母が不安そうに私を見つめていた。それに気づいて見渡すと、母以外の大人みんなもこちらを注視している。みんなで結婚しろと盛り上げてきたうちのひとりが、とり残されてしまったのだから心配しているのだ。

笑わなきゃ。拓海のことで落ちこんでいるなんて思われたくない。同情もされたくない。ぎこちなくてもいいから、意地でも平静を装《よそお》え。

「拓海、彼女がいるんだよ」

空気が、震えた。

笑え、笑え。大丈夫うまく笑える。心の中で呪文を唱えて、叔母への言葉を続ける。

「それが可愛《かわい》い子でさ、華さんって人なの。本州で出会ったんだって。なんなら拓海に聞いてやってよ、可愛《かわい》い彼女の惚気《のろけ》話たくさん持ってるだろうし」

嘘《うそ》はついていない。真実を伝えた。うまく笑えていたと思う。なのに叔母も両親もみんな固まっていて、哀れむような目を私に向けている。

それがつらかった。同情も哀れみもいらない。そんな風に、私を見ないで。

「……そろそろ私部屋に戻るね、バイトで疲れちゃった」

居《い》たたまれなくて、逃げるように居間を出る。拓海がどんな反応をしていたのかは怖くて確かめることができないままだった。

居間を出て、誰もいない廊下を数歩歩いたところで体中の力が抜けた。緊張していたものがすべて抜けてしまったみたいに、壁にもたれかかって、そのまま俯《うつむ》く。

小さい頃から拓海と一緒だった。仲のよさは周知の事実で、小学校では『夫婦』と揶《や》揄《ゆ》され、同級生達にもペアで扱われた。お菓子を買ったらついてくるおまけのように、私達ふたりはひとつでカウントされていた。

ニコイチだったものがひとりになってしまったのだから、哀れに思われるのは当然のことで。でもそれがつらい。可哀想な者として扱ってほしくない。

ようやく力が戻ってきて玄関へと歩いていく。私の部屋は二階にあって、玄関から通じる階段を上らなければいけなかった。

玄関に並ぶ男物スニーカー。大海と拓海は身長差があり、拓海のほうが大きいから、足の大きさだって異なる。大海は流行に敏感で、靴紐《くつひも》を変えた綺麗《きれい》な靴《くつ》を履《は》いていた。拓海はお洒落《しゃれ》に無頓着《むとんちゃく》だから、靴《くつ》もすっかりくたびれている。

「千歳ちゃん」

靴《くつ》を眺めて考えている私を引きとめる声。振り返れば叔母がいた。

「さっきはごめんなさい。私は千歳ちゃんを傷つけちゃったね」

追い打ちで傷が抉《えぐ》られる気分。放っておいてくれていいのに。疲れた口元の筋肉をもう一度奮い立たせて、笑う。

「やだなあ、おばさん何言ってんの。謝ることないって」

「それならいいんだけど……千歳ちゃんは大丈夫なのかい？」

叔母は、私が拓海のことを好いていると考えているのだろう。でも今は、少しもそんな風に思われたくなかった。拓海のことを好きだなんて、誰にも思われたくない。『みんな誤解しているよ、私は拓海のことなんて好きじゃない』と大声で叫びたい。私の小さなプライドを守りたかった。

「応援してるよ。あの拓海に彼女ができるなんてすごいことじゃん」

「……そうかい」

「あー、私も島を出てみるかなあ。拓海みたいに恋人を見つけちゃったりするかもしれないし」

私は大丈夫。そう思わせるために空元気《からげんき》で口にしただけで、島を出るのは本心じゃない。けれど叔母はそれをまっすぐ受けとめ、真剣な顔をして言った。

「島を出るのはね、とても勇気のいることだよ」

「叔母さんも、島を出るときは勇気が必要だった？」

聞くと叔母は頷《うなず》いた。

「馴染《なじ》んだ土地を離れるのは淋《さみ》しかったよ。でもねえ、出ていかなきゃいけないって思ったんだ。島にいたって傷つくだけのときがある」

「叔母さんは、どうして島を出たの？」

「この島に、好きな人がいたんだよ。でも彼は他の人と結ばれて私の恋は叶わなかった。だから島を出たんだ。ここに残って、ふたりを眺めているのがつらかったからね」

この話は初めて聞く。今まで語られなかった理由が沈んだ声音《こわね》に表れていた。

叔母の話は私の現状と重なっていて、ずんと胸に響いた。影が差した叔母の表情。きっと私も同じ顔をしている。

「今はどうとも思っちゃいないよ。その人は結婚して、そっくりな息子がふたりも生まれている。その人が幸せにしているからいいんだ。恋は結ばれて終わるだけじゃなくて、幸せを願うものにもなるんだって、おばちゃんは割り切ったから」

叔母の想い人は誰だろう。聞いてみたいけど、聞いてはいけない気がした。

叔母はひとりで生活し、たびたび島に帰ってくるけれど、それは想い人が幸せであるかを確かめているのかもしれない。叔母は目を細めて玄関の靴《くつ》を眺め、切なそうに瞼《まぶた》を伏せた。

「私はね、千歳ちゃんが可愛《かわい》いんだ。目に入れても痛くない姪《めい》っ子だよ。だから私はずうっと千歳ちゃんを応援してる。もしも島にいるのがつらくなったら本島においで。いつだって協力するさ」

島を出れば、私と拓海のことを知っている人はいなくなる。つらさは軽減されるのだろうか。テレビで見るような都会の景色に紛《まぎ》れるのは想像しづらい。

叔母が私を心配して、逃げ道を用意してくれたことが嬉しかった。叔母の優しさに甘えて、頷《うなず》く。

「考えてみる。そのときは連絡するよ」

「本当は今すぐ連れて帰りたいぐらいさ。もう、こんなに可愛《かわい》くなっちゃって」

玄関で話しこんでいるうち、今度は母がやってきた。

「いたいた、千歳」

その手には何やら書き綴《つづ》ったメモ。嫌な予感がして、うげ、と顔を歪ませるも、母の突撃はやまない。

「ちょっとおつまみが足りなくなっちゃって。おつかいに行ってきてほしいのよ」

「やだよこんな時間に。店だって開いてないでしょ、コンビニも閉まったよ」

「シバタさんに連絡したら、お店閉めないで待ってるって。だから急いで行ってきて」

シバタさんとは小さな個人商店のこと。シバタのおじいちゃんがのんびり経営しているので開店時間も閉店時間も気まぐれ。店で居眠りをし、夜遅くまで電気が点いているのはいつものことだ。本町の外れにあり、中心部に行くよりは近くて楽だけど、気が進まない。

「近くだから大丈夫よ。あんたが寄り道しなければね」

「わかった、行けばいいんでしょ」

母も私を気遣って、離席の名目を作るためおつかいを頼んできたのかもしれない。私はメモを受けとり、外へ出た。

海が近いので夜風は冷たく、少しだけ潮の香りがする。家の前に止めてある自転車に跨《また》がっていざ出発——というところで玄関扉が開いた。

「おい」

屋内の明るさを背負うようにして出てきたのは、拓海だった。どうして、拓海が。その疑問が私の思考を一瞬止める。

「おつかいだろ、俺も行く」

「夜遅いってのに、ひとりで行かせられねーよ」

「来なくていいよ」

とんとん、と靴《くつ》のつま先で地面を叩《たた》く音。スニーカーを履《は》くときの拓海の癖《くせ》は今も変わらない。小中学生の頃は一緒に登下校をしていて、朝はその音が聞こえたら拓海が待っているという合図だった。だからこのスニーカーはつま先からくたびれていく。体は大きくなったのに中身は子どものままで、そのギャップに警戒心が薄れてしまう。同行を拒否するのが遅れ、その間に彼は隣に立っていた。

「行くぞ」

「あんたの自転車は？」

「鍵を取りに帰るの面倒だから走ってく」

「こんな時間に走るの？　勘弁《かんべん》してよ……」

昔から拓海はよく走っていた。私が自転車に乗っていても、体力作りの一環だと言って拓海は走って追いかけてくる。けれどそれは過去の話で、今もする気にはなれない。

それにシバタさんは店を閉めずに待ってくれているのだから、早く行かないと。

すると拓海は私の自転車をじっと睨《にら》み、それから言った。

「じゃあ俺が乗る」

「私に走れって？　何その理論」

「んなわけねーよ。お前の定位置は後ろだろ」

自転車はあっさり奪われた。私の自転車は後ろに荷台がついている。特に不便はなかったので中学生の頃から今まで変わらない。ハンドルやサドルの高さは私に合わせていたので、拓海は窮屈《きゅうくつ》そうに身を丸めて乗っている。

拓海は早く座れと言いたげに、顎《あご》で後ろの荷台を示した。でも彼女がいる男が、他の女の子とふたり乗りをしていいのか。躊躇《ためら》ってしまう。いくら幼馴染《おさななじみ》とはいえ、よくないことだ。

「……後ろに乗っても、いいの？」

私の声が震えていたのは、肌寒い夜風のせいだと思う。たぶん。

「昔はよくふたり乗りしてただろ」

「そうだけど」

「何気にしてんだよ。早くしないとシバタのじーさん、居眠りするぞ」

この時間なら人に見られる可能性は低い。それにシバタ商店は近いからすぐに着く。戸惑《とまど》う自分自身にそんな言い訳をして、荷台に腰を下ろした。

自転車の荷台は座り心地が悪く、何かに掴《つか》まらないとバランスが取れない。前にふたり乗りをしたときはどこを掴《つか》んでいたっけ。所在なく両手を彷徨《さまよ》わせていると拓海が言った。

「うだうだすんなよ。さっさと掴《つか》まれって」

「え、いや、でも」

「行くぞ」

ぐ、と拓海の体に力がこもる。肩から背中、腕、流れるように体が強張《こわば》って、その力は足に集約されていく。

動き出した自転車に、慌《あわ》てて拓海の服を掴《つか》んだ。そのときに思いだす。昔はもう少し、拓海の体にしがみついていたかもしれない。もう少し細かったけれど、肩とか腰を掴《つか》んで、服を引っ張るだけなんて可愛《かわい》いものではなかった。私達の距離はもっと近かった。

後ろにひとり乗せているのに拓海は難なくペダルを漕《こ》いで、自転車は進んでいく。自転車の速度が合わさって夜風は鋭さを増し、三つ編みにした髪が流されて重たく感じた。

「ちょ、ちょっと！　拓海、漕《こ》ぐの速い！」

「あー？　聞こえねーよ」

「聞こえてるでしょ！　後ろのことも考えて！」

すると拓海はからかうように自転車のハンドルをぐらりと傾《かたむ》ける。いわゆる蛇行《だこう》運転というやつだ。予想していなかった揺れで振り落とされそうになって、咄嗟《とっさ》に拓海の背にしがみつく。服だけでは落ちてしまいそうだから、これは仕方ない、仕方のないこと。

そんな私の様子に拓海が笑った。

「お前、何慌《あわ》ててんだよ」

「あんたの荒い運転のせいでしょ」

しがみついたものの、急に手を回したから、安定感があるとは言い難《がた》い。それに、拓海の余裕っぷりに腹が立つから爪を立ててやりたくなった。

私の家は丘の上にあって、本町に行くには海岸線まで下りなければならない。ぐるりと回り道をして丘を下ることもできるけれど、そこを使うのは車に乗るときぐらい。それ以外は石階段を通ったほうが早い。石階段の端には自転車のタイヤ分ぐらいの細い坂があるので、自転車を押して階段を通ることができた。

けれど今日の拓海が選んだのは回り道。カーブとゆるやかな下り坂が続く。

「風が気持ちいいな」

「でしょ、寒いんだけど」

「じゃあ帰りは千歳が前に乗るか？　暑くなるぞ」

「あんたを後ろに乗せて走る自信ない」

私よりずっと体重がある男を乗せて自転車を漕《こ》ぐなんて無理だ。一ミリも進める自信がない。その返答が面白かったらしく、拓海の体が小刻みに震えて笑いだす。

「なんで笑ってんの」

「それ昔も言ってたと思って」

拓海に言われて思いだす。いつもこの回り道を通っていた。どこかに行く用事があれば、こうして自転車にふたり乗りをして、拓海は前に乗っていた。私は今よりもう少し拓海にしがみついて、自転車の速度が速すぎると怒っていた。

「昔より重くなったな、お前」

「女の子に言っていい言葉じゃない。髪の毛引っこ抜いちゃるぞ」

「髪長くないから引っこ抜けないだろ」

「毛抜きで一本ずつ抜く」

「ふ、ははっ。ばかかよお前」

「ちょっと、笑わないで！　自転車が揺れる！　拓海のばか！」

「お前が笑わせてんだろ」

ぐるりとカーブを曲がるたび、心が解けていく。

昔と変わらない掛けあい。拓海も楽しそうに笑っていて、私も楽しくて。その喜びを噛《か》みしめていると拓海が言った。

「悪くねーな、こういうの。昔に戻ったみたいだ」

「私もそれ考えてた。懐《なつ》かしいなって」

丘を下って海岸線の裏へ。すると、ここよりも低い位置にある本町の明かりが見えた。真っ暗な夜に、ぽつぽつと白やオレンジの光が灯っている。拓海と一緒にこの景色を何度見ただろう。そのときは当たり前だった景色が、今はこんなにも懐《なつ》かしい。

「都会はもっと明るいのかな」

中心部の明かりを眺めながら訊《き》くと拓海が頷《うなず》いた。

「ビルを見上げてたら田舎《いなか》者ってバレるぞ」

「絶対見上げちゃう。私はやっぱり島の暮らしが合ってるかも」

「だな。千歳に都会って似あわねー」

私はこの島のことしかわからないけれど、拓海は野球のために何度も島を出ている。北海道本島や本州とたくさんの場所に行ったから都会に詳しいのは当然のことで、それが羨《うらや》ましく、遠く感じた。拓海がいた神奈川県はどんな場所だったのだろう。

神奈川にいた頃の拓海を想像し、疑問が生じる。拓海は、華さんとどんな風に出会ったのだろう。どちらから付きあおうと言いだしたのだろう。拓海は華さんのどんなところに惹《ひ》かれたのか。

わからないことがたくさんある。拓海の体を掴《つか》んでも答えは見当たらない。

「確か次のカーブが急だったよな」

「そうだよ」

拓海がブレーキをかけて速度を落とす。そしていつもの、馴染《なじ》みある声で言った。

「ちゃんと、くっついてろ」

それは昔も言っていた台詞。ふたり乗りしてこの道を通るとき、いつも拓海は言っていた。

どんな風に返事していたかわからなくなって言葉が出ないから、体に回した手に強く力を込めた。身を寄せれば、温かくて気持ちいい。

この坂を下って、元の関係に戻れるならいいのに。嫌なことぜんぶ置いてきて、思い描いていた未来に辿《たど》り着けたらいいのに。

華さんのことが頭に浮かんだけれど、今はそれを口にしたくなかった。

「ねえ、帰りもこの道を通ろうよ」

カーブを曲がり終えて、それから拓海は弾《はず》むように言った。

「俺も、それを言おうと思ってた」

シバタ商店での買い物が終わり、帰り道を行く。

体力おばけの拓海といえどふたり乗りで登り坂を漕《こ》ぐのは大変なようで、拓海は自転車を押しながら歩いた。その隣を私が歩く。

美岸利島の夜は車の数も減る。石階段ルートならば海岸線を通るので車とすれ違うこともあるけれど、回り道は車さえ通らない。街灯の明かりだけが私達を照らしている。

「叔母さん、相変わらずだったたな」

今日の拓海はよく喋《しゃべ》る。自分から話題を振るのは珍しいことだ。

「そうだね。元気で何より」

「親父も、叔母さんが帰ってくると張り切ってるからな」

「今頃、みんなで野球の話でもしてるんじゃない」

「だろうな」

拓海の父と私の父は野球が好きだ。叔母も幼い頃からふたりに付きあわされていたので知識がある。三人が集まって酒を飲むと、話題は野球のことばかり。

それを知っている拓海は苦笑していた。

「昔は、親父達が野球の話で盛り上がったら抜け出してたな」

「そんなこともあったね。私と拓海はうまく抜け出せるけど、大海は脱出失敗して置いてけぼりになっちゃうやつ」

「あいつは大人に可愛《かわい》がられるタイプだから大丈夫」

今日は不思議《ふしぎ》だ。昔のことばかり思いだしてしまう。隣に拓海がいるから。

様子を確かめようと拓海のほうを見やると、視線がぶつかった。拓海もこちらを見つめていた。でもぎこちなさがある。昔のように臆《おく》さず向きあうのではなく、恐れているような探るような、不器用なやりとり。

「……千歳」

表情や声音《こわね》は普段と変わらないのに、名前ひとつ呼ぶのも恐れているような気がした。そして私も怖がっている。拓海と正面から向きあうことが、今は怖い。

「俺はお前に――」

「待って」

拓海が言いかけたこと。それを口にされたら、昔を懐《なつ》かしんでいた気持ちも崩れてしまうと思った。だから彼の言葉を遮《さえぎ》った。

「家に帰るまで昔話限定。楽しかった話以外、今は聞きたくない」

私の提案に拓海は答えない。その視線は自転車のハンドルに落ちる。彼は何かを考えているようだった。

「見て。星が綺麗《きれい》」

俯《うつむ》いたままの拓海が気になったから、私は空を指さして言う。それを聞いた拓海も空を見上げた。

「美岸利島は田舎《いなか》だから都会より星が綺麗《きれい》に見えるでしょ」

「さっき昔話限定って言ってなかったか」

「昔もふたりで星空を見たね、って言うつもりだったの」

「あんまり覚えてねーな」

首を傾《かし》げる拓海に対し、私は得意げに鼻を鳴らした。

「なんちゃら流星群の日だから流れ星を探そうって話したことあったでしょ。結局その時間になる前に眠くなって、流れ星諦めて家に帰ったけど」

「……ああ。そんなことあったな」

中学生になる前だ。流れ星を見つけて願いごとをしようと私が提案し、拓海と大海を呼んで天体観測を試みた。家の前にレジャーシートを敷《し》いて、三人で寝転がって空を見上げたけれど時間が早かったので流れ星は現れず、大海が寝てしまったのでお開きとなった。

「あのとき、拓海はどんな願いごとを考えていたの？　野球がうまくなりたいとか甲子園行きたいとか？」

「……忘れた」

拓海はとぼけているけれど、きっと野球に関することだと思う。あの頃の拓海は野球漬《づ》けの男子だったから。

それぞれの願いごとについて語りあうことは今までなかった。幼馴染《おさななじみ》の関係性によって語らなくともわかりあえていたから。三人集まって寝転んだあの日だって、明日の夕飯とか宿題やったとか、くだらない話ばかりしていた。拓海と共に星空を見上げることが特別なものだと思っていなかった。次の流星群の日もこうして寝転んでいるのだと、信じていたから。

「千歳の願いごとは何だった？」

その言葉で、我に返った。いつの間にか拓海は私の先を歩いていて、歩みを止めてこちらを振り返っている。

私の願いごとは覚えている。でも流れ星は見られなかった。願いは託《たく》せなかった。だから叶わない。

楽しい話をしようと提案したのは私だ。願いごとは呑《の》みこんで、苦笑する。

「忘れた。くだらない願いごとだったと思う」

本当は違う。拓海との約束が叶いますようにと、願っていた。

「お互い忘れてんのかよ、気が合うな」

「忘れるような願いごとを用意してるんじゃ、流れ星なんて見られないわけだよ」

私がぼやくと拓海が笑った。

ああ、そうだ。その笑顔だ。昔と同じ、はにかむような笑い方。その隣に立つ私まで楽しくなって、でも胸の奥がずきんと苦しくなる。

再び歩きだす。お互いの家が近づいてきたところで、拓海が言った。

「今だったら、どんな願いごとをする？」

家に着いたら、こんな穏《おだ》やかな時間は終わってしまう。もう少しだけ拓海をひとり占《じ》めしていたい。家に帰るまでの時間を長引かせたい。家に近づくほど淋《さみ》しくなる。だから願いごとはすぐに浮かんだ。

「昔に戻れますように」

この複雑な関係もなかった頃の、昔に戻りたい。

拓海は、私のこの願いごとの意味をどこまで理解したのだろう。彼は空を見上げて呟《つぶや》いた。

「俺もそれがいい。昔みたいに、お前と話したい」

私も空を見上げる。美岸利島の夜空は星が綺麗《きれい》に見える。本町から離れたこの辺りは特に綺麗《きれい》だ。

でも流れ星は見つからない。昔と同じように。

＊＊＊

六月に入って、私達の関係は少しずつ優しいものになっていった。

叔母が来たあとから拓海と顔を合わせても世間話ができるようになった。

華さんもたびたびコンビニにやってくる。しばらく来ないときは体調が悪いのだと拓海から聞いた。出歩くのはあまりいいことではないけれど、かといって体を動かさないのもよくない。華さんは部屋で大人しくしているのが嫌いなようで、体調がよくなると散歩したがるそうだ。

コンビニの駐車場に車が止まった。降りてきたのは華さんだ。本町からコンビニまでは徒歩だと時間がかかるため、ご両親に送ってもらったのだろう。車から降りた華さんがコンビニに入るのを見届けると、車は走りだした。

「千歳さん、店長さん。こんにちは」

華さんがやってくると店長は慌《あわ》てていすを引っ張りだし、お茶を用意する。これでは
コンビニじゃなくて喫茶店だ。今日も美岸利島はのんびりとしている。

「今日は差し入れを持ってきました。兄がお菓子を送ってくれたのでおすそわけです。

みなさんで食べてくださいね」

出てきたのは黄色い箱で、白い鳩のイラストが描いてある。見たことのないお菓子だ。

手にとって観察していると、背後で店長が叫んだ。

「ああそのサブレ！　懐《なつ》かしいなあ」

「店長さんご存じなんですね」

「うんうん。若い頃に鎌倉《かまくら》旅行に行ったんだ。そのときに買ったなあ」

「喜んでいただけてよかった――ほら、千歳さんも食べてみて」

バイト中なのに食べていいのか、と店長に視線を送る。

店長は「いいぞ。暇《ひま》だから」とあっさり許可してくれたので、ひとくち。鳩の形をし
たサブレの頭を齧《かじ》る。さくっと歯切れのよい音がして、ほのかな甘みが口に広がった。

食べている間、華さんは目を輝かせてこちらを見ている。

「どう？　おいしい？」

「……甘くておいしい」

「よかったー！　千歳さんに食べてほしかったの。これで買収完了ね」

おいしいけれど引っかかる。買収って言っていたような。

首を捻《ひね》る私に、華さんはしたり顔だ。

「たっくんの話をしてほしいの」

「嫌だよ、なんで私が拓海の話なんて」

「だってわたしはたっくんの高校生時代しか知らないから、たくさん知りたくて――ね、サブレおいしかったでしょ？」

なるほど。それを聞き出すためにサブレを食べさせたわけだ。華さんはおっとりしているようで、意外と策士かもしれない。

「拓海の何が聞きたいの？」

「そうだなあ……小学生の頃とか」

「華さんが想像する通りの野球少年だと思うよ」

拓海が野球を始めたのは小学生の頃、いやもう少し前だったか。

拓海の父は、休日に草野球やリトルリーグの手伝いをしていて、気づいたときには拓海と大海も混ざっていた。拓海の父曰く、野球好きは鹿島家の遺伝子に組みこまれているらしい。その真相はともかく、昔は外の騒がしさに窓を開ければ小さなグローブをつけたふたりが楽しそうにボールを投げていた。幼い鹿島兄弟の遊びはいつだって野球だった。

私はというと、野球はさっぱりで、ルールがわかる程度。父親達が幼馴染《おさななじみ》なこともあって、物心ついたときから鹿島兄弟と親しく、小学生になると一緒に登校していた。一緒に登下校をしていたことや互いを名前呼びしていたことから、同級生は私と拓海を『まるで夫婦のようだ』とからかっていたけれど、お互いそれを嫌がったことはなくて、そんな風に見えるよなあ程度にあっさり受け入れていた。

島で唯一の中学校に進学して、拓海は野球部に入った。その頃にはリトルリーグの北海道代表に選出されて拓海の名前が広まり、彼は明確になってきた甲子園の夢に向けて、休みの日も走りこんだり家の前で素振りをしたりと忙しそうだった。私はそんな拓海を見ているのが好きだった。石階段から、野球部が練習に使うグラウンドを覗《のぞ》いて、打ちあがる白球を見たり、島に響く打球音を聞いたりするのが好きだった。その場所に座って練習が終わるのを待つのも好きだった。

ちょっとした距離でも一緒に帰りたくて、声をかけたくて。そして拓海もアイスキャンディを買って石階段まで来てくれる。あの時間が特別だった。

思い返せば、ぜんぶ。拓海といるときは幸せだった。

「野球漬《づ》けっていうか、野球のことばかりな子どもだったよ」

「それは想像つくよ。あとどんなことをして遊んだとか教えて」

「普通……だと思うけど。夏は海で泳いだりバーベキューしたり。冬は拓海があちこちの家の雪かきしてた。あれは趣味なんだと思う」

どういうわけかあの男は雪かきが好きだった。重たい雪を持ちあげる作業は筋トレになるからと言って、真冬にジャージの袖をまくって汗だくになりながら雪かきをする。雪を持ちあげて雪捨て場に放りこむだけの単純作業だけど、飽きることなく、達成感があるからいいと喜んでいた。

鹿島家嘉川家だけでは足らず、近所の家や足腰の悪い人のところまで雪かきをしにいくほどだ。高齢者の多いこの島では非常にありがたく、そういう意味でも拓海は島民から愛されている。

「楽しそう。雪見てみたいなあ」

「見たことないの？」

「わたしが住んでいたところは降っても年に一回あるかないか。降ったとしてもすぐに溶けちゃうから雪かきするほどじゃないの。ねえ、他にも面白い話ない？」

そうやってねだられるとなかなか出てこない。コンビニの天井を見上げて考え、そこでひとつ浮かんだ。

「あ。むっつりすけべだ」

「え⁉　教えて。そんなたっくん初めて聞く！」

「中学生のときだけどね。そう呼ばれてたことあった」

その珍妙なあだ名がついた原因は私だ。

中学生の頃になると私達は夫婦どころかふたりで一セットな扱いを受けていた。名前が嘉川と鹿島でどちらも『か』から始まるし、漢字で書くと二文字、ひらがなにすると三文字で何となく似ている。出席番号順で座るとだいたい後ろに拓海がいた。その頃には拓海の背も伸びていたから、こいつの後ろの席じゃなくてよかったと思ったものだ。

授業で男女ペアを組むと指定されればだいたい拓海に声をかけていたし、拓海も私に声をかけていた。そういうところも夫婦だと揶揄《やゆ》される所以《ゆえん》だろう。

拓海はあまり表情を変えない男で、口数も少ない。野球の才能を得た代わりに意思疎通能力を失ったのかと疑うほど。それを見かねてか、クラスメイトのひとりが『鹿島って何考えてるのかわかる？』と私に聞いたのだ。

むすっとしているときはだいたい野球のことを考えているのではと思いつつ、私はちょっとした嫌がらせで『拓海はむっつりすけべだからなあ』と答えたのだ。

拓海は教室の端で友人と話していたから、おそらく聞こえていないと思っていた——けれど移動教室のため廊下に出たとき、すれ違いざまに『誰がむっつりすけべだ、ばか』とぼやく声が聞こえて、チョップが私の頭に落ちた。離れていてもこちらを気にかけていたこと、そうやって構ってくれたことが嬉しかった。

そのあとは数日ほどむっつりすけべというあだ名がついたけれど、拓海があっさりした反応しか返さないので、いつの間にか薄れていった。あいつはまだ覚えているのだろうか。

「……本人に由来を聞いてみたら？　チョップが落ちてくるかもしれないよ」

「ふふ。チョップなんてするの、たっくん可愛《かわい》いなあ」

「可愛《かわい》いって言える体格じゃないけどね。縦に伸びすぎ」

そう言ってふたりで笑いあう。不思議《ふしぎ》なことに華さんへの警戒心は薄れていた。

私は友達がたくさんいるタイプではなかった。中学校では話す友達はいてもそこまで親しくなれず、それなりに親しくなった高校の友達は島を出ていった。けれど友達が必要だと思ったことはない。それは鹿島兄弟がいたからだろう。

もしも友達を作っていれば、それは華さんと私のような関係だったかもしれない。いつの間にか人の心に入りこんでくる、華さんのような子。

「高校生の頃のたっくんは、もっと無表情だったな。あんまり笑わなくてストイックに野球ばかり。寮のルームメイトでさえたっくんは笑わないって言ってた」

確かに拓海の感情は変化に乏《とぼ》しい、けれどよく観察していると、彼なりに楽しんでいたり笑っていたりする。

この前ふたり乗りで出かけたときだって拓海は笑っていたのに、華さんの前では違うのだろうか。

私達が話していると従業員用控え室が騒《さわ》がしくなった。大海が出勤してきたのだろう。平日だけど中間テスト期間で学校は午前で終わるらしく、シフトを入れていた。

大海は、私達の中で一番勉強ができる。兄が野球の才覚を伸ばしていくにつれ、大海は野球をやめて別の道に進んだ。私も拓海も平均点に届けばいいほうだったけれど、大海はいつも学年上位に入りこんでいる。普段から勉強しているのでテスト期間中慌《あわ》てて勉強しなくてもいいそうだ。なんて羨《うらや》ましい。

「はよござまーっす……ってあれ、華さんがいる」

「こんにちは。お邪魔してたの。お土産を持ってきたからひろくんも食べてね」

「やったー！　ありがとー！」

そして仕事――ではなく、レジ前の雑談会に混ざった。お客様がいないからって随分だらけたコンビニだ。

大海が混ざっても会話の中心は変わらず拓海である。華さんは物憂げに言った。

「わたしね、高校一年の夏に、たっくんに告白したことがあるの」

息を呑《の》む。表情に出ないよう気遣うけれど心臓が早鐘《はやがね》を打っている。友達のような近さにいる華さんが遠く感じた。続きを聞くのが怖い私と違って、大海が興味深そうに「へえー」と相づちを打っている。

「夏ってことは、病気がわかる前？」

「そう。でも『故郷で待ってるやつがいる』って言われてフラれたの」

告白したのに断られ、でもふたりは今付きあっている。どうしてだろう。気になったけれどその疑問を口にできなかったのは、華さんの話に思い当たることがあったからだ。『故郷で待っている人』はきっと――そこで大海の視線が動いた。顔は動かさず、眼だけじろりと、こちらに向けられている。

何か言いたげな大海の視線を追い払うようにため息を吐き、私は言った。

「……あの拓海に、そういう人がいるわけないでしょ」

本当は私達の間には約束があった。けれど華さんにそれを伝えるべきではないと、嘘《うそ》を吐く。私の嘘《うそ》を責めるように、心臓の急《せ》いた音がやまない。

華さんは私の言葉をストレートに受けとめていた。穏《おだ》やかな表情のままで「よかった」と頷《うなず》いた。

「でもさー、今は付きあってるじゃん。告白を断られたのにどうして?」

「わたし、フラれても諦められなかったの。入院してもたっくんのことばかり考えてた。野球部のみんながお見舞いに来るとき、たっくんも来てくれたから嬉しかったな」

華さんの頭には当時のことが蘇《よみがえ》っているのだろうか。恥じらいながらも微笑《ほほえ》む姿は恋する女の子そのもので、絵の具の桃色をなくなるまで絞りだしたような陶酔《とうすい》を感じた。

「じゃあ、兄貴と華さんはいつから付きあったの?」

「甲子園の日に話が飛ぶんだけど、ひろくんは試合見た?」

「もっちろん! 兄貴すげーよなー。地方大会ではホームランいっぱい打ってたし」

「うん。格好よかったよね! 千歳さんは?」

「見てないよ。興味ない」

興味があるなんて思われたくなかったのでそう答えた。でも甲子園初戦の日の私の行動を知っている大海は、それが嘘《うそ》であると知っているので、私の脇腹を肘《ひじ》で小突く。そのやりとりはレジで隠れた場所なので、華さんには見えていない。嘘《うそ》と知らずに「見てないなんてもったいないよ」と騒《さわ》いでいた。

「わたし達ね、あの甲子園初戦の日から付きあうことになったの」

華さんは嬉しそうにしていたけれど、私は頷《うなず》くこともできず、体がしんと冷たくなっていくのを感じていた。

あの日、あの夏の日。私が防波堤《ぼうはてい》で寝転んで甲子園速報を聞いていたあのとき、拓海と華さんが付きあいはじめた。私は島にいて、甲子園に見にいくことなんてできなかったけれど、もしも甲子園に行っていたのなら、付きあっていたのは私だったのだろうか。叶うわけないのにもしものことを考えてしまう。それは拓海のことが忘れられない証拠。

「だから高校三年の甲子園初戦の日は、わたし達の記念日！」

華さんは友達として接してくる。私も友達のようだと思っている。だからこそ心がずきずきと痛む。罪悪感。嘘《うそ》を吐いて誤魔化《ごまか》して、でも本当は拓海のことを考えている。

華さんを騙《だま》している――私はなんてひどい人間なのだろう。

まもなくして華さんは帰っていった。華さんを乗せた車が走りだして見えなくなってから、私はカウンターに隠れるようにして座りこむ。

拓海が華さんの告白を断ったと聞いて嬉しくなった。故郷で待ってるやつはきっと私のことで、そのフレーズが出たときは口元が緩みそうなほどに嬉しくてたまらなかった。

それを華さんは知らない。考えれば考えるほど自分の醜《みにく》さに苦しくなっていく。

私、最悪だ。華さんに嘘《うそ》を吐いて、騙《だま》している。

拓海のことが好きだ。好きな気持ちが消えない。

座りこんで大きくため息を吐くと、大海がこちらを覗《のぞ》きこんだ。

「千歳ちゃん、大丈夫？」

「平気。ちょっと疲れただけ」

「疲れる原因って……兄貴のこと、だよね」

「………」

「オレ、千歳ちゃんが兄貴を好きだったこと、知ってるから」

私は返事をしなかったけれど、大海はそれを肯定と受けとったらしい。疲労の原因は拓海であるという前提で話が続く。私も否定するのが面倒になっていた。

「最近の千歳ちゃん、つらそうだよ。それなら忘れたほうがいいと思う。兄貴はもう、華さんの彼氏なんだから」

「忘れるって、こんな近くにいるのに難しいでしょ」

「例えば……兄貴の代わりを探してみる、とか。それなら忘れられるんじゃない？」

大海の提案を受けて想像してみる。

拓海じゃない他の人を好きになる。言葉にするのは簡単でもなかなか難しい。どう頑張っても浮かんでしまうのはひとりしかいない。

「……そんな人、見つからないよ」

私の人生のあらゆるところに拓海がいる。他の人を好きになることがあれば、きっと拓海に似た人なんだと思う。こうなればもう呪いみたいなものだ。簡単に解くことはできない。

「千歳ちゃんって、そういうときだけ素直だよなあ」

大海は呆《あき》れたように笑っていた。

＊＊＊

数日後のこと。その日はうまくいかない日だった。店長は夕方からラストまで不在で、閉店間際にお客様が途切れることなく来店して忙しく、さらに品出し作業は普段の倍も時間がかかった。ようやく仕事が終わると、いつもより遅い時間となっていた。

慣れた道とはいえ、夜にひとりで帰るのは勇気がいる。外の暗さに覚悟を決め、いざ駐輪場へ向かうと人影があった。

視線を足先から頭へとずらしていくと、オレンジ色の街灯に照らされて立っていたのは、縦に伸びすぎて背の高い男。声をかけずとも拓海だとわかって、胸が弾《はず》んだ。

「何してんの」

「近く寄ったら千歳がいるの見えたから。時間遅いだろ、送ってく」

「ひとりで帰れるから平気」

「強がるなって。いいから行くぞ」

コンビニから家までの道は慣れているから平気、なんて言いながら本当は心細かった。だから拓海が来てくれたことが心強く、強がりを見抜いてくれたことも嬉しい。

自転車を押しながら、ふたりでのんびりと歩く。

夜遅いこともあって、海岸線を通る人影はない。軋《きし》んだ作動音のする自転車のライトと街灯だけの暗くて心許《こころもと》ない道は、拓海がいるだけで怖く感じなかった。

「――それでお店に行ったら、シバタさん店番しながらお昼寝中で、猫が頭の上に乗ってるの。笑っちゃったよ」

「シバタのじーさん家、猫だらけだよな。何匹いるんだよ」

「五匹かなあ。野良が混ざることもあるからどうだろ。本町の鈴木さん家にも猫いるよね」

「いるいる。ふわっふわの人懐《ひとなつ》っこい猫だろ?」

「でも大海は威嚇《いかく》されてたよ」

「あいつ、さすがだな」

拓海が笑って、つられて私も笑った。

他にも仕事中に漁師さんから聞いた話や近所に住むおばあさんの話など、私達の話題は尽きない。

そういえば昔もこうしていろいろな話をしていた。登下校、休みの日、おつかいに行ったとき。そして話し疲れて喉《のど》が渇《かわ》くと決まって欲しくなるものがある。

「久しぶりにあれ食べてーな」

「アイスキャンディでしょ?」

すると拓海が「それ」と頷《うなず》いた。

「今も売ってるよ。相変わらずソーダ味が入ってる」

「まだ苦手なのかよ。いつになったら食えるようになるんだ」

それればかりは克服できる気がしない。味も得意じゃないけれど色がよくない。青や水色の食べ物って抵抗がある。

「今度バイト終わりに買っておく」

「お。じゃあ石階段に座って食おうぜ」

「懐《なつ》かしいね。中学生以来かな――それで拓海は何味から食べるの?」

「そりゃ千歳の嫌いな味から」

私が食べないからって最初にソーダ味を食べる。そのルールを拓海も覚えていた。大切なものを共有していたことが嬉しくて、またバイト終わりに会えたらいいのにと願ってしまう。そのとき私はアイスキャンディを買うのだろう。

「今日、早い時間だったら石階段に寄れたのにな」

「寄ってもいいよ。拓海と一緒なら親も文句言わないし。でも食べるものがないや」

「お前、食うものないと寄り道しないのかよ」

呆《あき》れたように拓海が言ったとき、前方から車が一台。ヘッドライトが眩《まぶ》しくて目を細めているうちに、路肩《ろかた》で車が止まった。

「おーい、鹿島! 帰りか?」

運転席から顔を出したのは、中学時代の同級生だ。野球部に入っていた子で、同じクラスだった。拓海も手をあげて答える。

「仕事終わって帰るところ」

「へえ――って嘉川もいるじゃん。この組みあわせ懐《なつ》かしいな」

その隣にいる私も発見されて、急に居心地が悪くなる。この場面を、私が拓海と一緒にいる場面を、他の人に見られていいのだろうか。

その不安は的中して、同級生が拓海に言った。

「なんだよ鹿島、可愛《かわい》い彼女作っておいて嘉川とデートか。どっちが本命だよ」

声音《こわね》から察するに拓海をからかっているようだけれど、その言葉は私の心にもがつんと響く。華さんのことが頭に浮かんで罪悪感が生じた。拓海とふたりで帰るのはよくないことだ。その罪悪感に急《せ》かされ、私は慌《あわ》てて否定した。

「偶然そこで会っただけ！」

「は――」

隣にいるから、拓海が息を呑《の》んだのが伝わった。でも無視して私は続ける。

「本命は彼女に決まってるでしょ。ばかなこと言わないでよね」

「お前ら家近いもんなー。嘉川も頑張って彼氏探せよー」

「はいはい余計なお世話」

「ところでよ鹿島」

私の物言いで元同級生は納得したようで、話題が切り替わる。拓海はいつの間にか俯《うつむ》いていて、彼に名前を呼ばれてようやく顔を上げた。

「お前いつになったらチームに参加するんだよ。お前が来るの待ってるんだぞ」

「いや、俺は……」

「美岸利島で野球って言えばお前だろ。一緒に野球しようぜ。気が向いたらいつでも連絡してくれよ。じゃあな！」

返答を聞かずに同級生は車に引っこみ、そのまま走りだしていく。言いたいことを言って去るってやつだ。

ヘッドライトの明かりやエンジン音も遠くに消えてから、拓海は深く息を吐いた。

拓海とふたりで帰り道を歩く、そんな多幸感に包まれていた状況は、同級生が現れたことで鎮《しず》まっていく。華さんのことを思いだし、さっきよりも距離を空けて歩いた。

華さんと友達でいるのなら、彼女のことを考えた行動をとらなければ。ふたりきりの状況にのぼせて華さんのことを忘れないように話題を変える。

「華さんに聞いたけど、ふたりは甲子園の日から付きあいはじめたんだって？」

「……おう」

「よかったじゃん。忘れられない日になるね」

取りつく島もない淡々とした反応だ。楽しそうにしていたのが一転した拓海の様子に、私は慌《あわ》てて話題を探す。

恋人の話、いわゆる恋バナ。そういった話に今まであまり関わってこなかったので、話題の引き出しが少ない。同級生が恋愛について語ったときに言っていたことを思いだし、とりあえず口にする。

「それで。華さんとどうなの？」

何を聞いているんだ私は。拓海にする話じゃないと呆《あき》れる反面、気になっていたことでもあった。私は拓海より先を歩いているから、彼がどんな表情をしているのかわからない。だからこそ今なら聞けると思った。彼も私の顔が見えないのだから、どんな回答が来たって声さえ平静を装《よそお》えばいい。好奇心が勝る。

「どう、ってなんだよ」

「どこまで進んだとかそういうの。手を繋《つな》いだりキスをしたり、恋人的な行動で」

「そういうのじゃねーよ」

あっさりと、拓海は言った。

「え。そういうのじゃないの、恋人って」

「いや……俺にはよくわかんねーからそういうの」

「一緒にいたいとか、手を繋《つな》いだり触れたりしたくなる、そういうのが恋人なのかと」

言っていて、虚《むな》しくなる。連絡船から下りるときにふたりが手を繋《つな》いでいたことは頭に焼きついている。まるで確かめるような質問だ。

「理性じゃなくて本能の話。気づいたら触れようとしてしまう。だめだってわかっていてもその人のことを考えてしまう」

「……なんだよその知識」

なぜか、拓海の声には苛立《いらだ》ちが含まれていた。

「どうして怒ってんの？」

「お前が妙に詳しいから」

「別にいいでしょ。それであんたが怒る理由がわからない」

私が言い終えるなり、拓海が足を止める。そんなに怒らせてしまったのだろうかと思ったら、飛んできたのは予想外の質問だった。

「……それ、お前の実体験か？」

「はあ？」

「さっき話してたやつだよ。手を繋《つな》いだり触れたりしたくなるとかそういうの、お前も誰かにそう思ったことがあるのかって聞いてんだよ」

「んなわけないでしょ。私は――」

高校三年間ずっと拓海が帰るのを待っていたのに。言いかけたけれど呑《の》みこんだ。

言えるわけがない。言ってはいけない。少し間を置いて、頭を冷やしてから答えた。

「……高校のとき、周りの子達が話してたのを聞いただけの知識だから」

この返答を拓海はどう受け止めたのだろう。気まずさから私は拓海の顔を見られず、彼の表情を確かめることはできなかった。

けれど急に機嫌がよくなったかのように、彼は再び歩きだす。紡《つむ》がれた声から苛立《いらだ》ちは消えていた。

「女子ってそういう話好きだよな。めんどくせー」

「昼ご飯のお供は誰かの恋バナってやつ。それで、拓海は？」

深掘りされたくないので逃げられるうちに話を戻す。

これに拓海はしばらく黙りこんで、それから小さな声で「わかんねー」と呟《つぶや》いた。

「手は……まあ成りゆきで繋《つな》いだかもしれないけど」

「あるんじゃん、そういう話」

「でもそれ以外は何もねーよ。つーかお前、何聞いてんだよ。変な影響受けすぎだろ」

なんだそりゃ、と言いたくなった。拓海が野球馬鹿なことは知っていたけれど、まさかこんなにも疎《うと》いなんて。

けれど華さんも純情って言葉が似あいそうではあるし、ゆっくりした進度はふたりにちょうどいいのかもしれない。そう納得して、それ以上の質問はしないでおいた。

そうして遠くのほうに石階段が見える頃、拓海が言った。

「華が、みんなでバーベキューがしたいって言ってた」

「体調大丈夫なの？」

「今は一時的に症状が軽いけど再発する可能性が高くて、体力あるうちに移植手術をしたほうがいいらしい。それでなくても体調に波があるから、本当は休んだほうがいいけど」

あの子は可憐な女の子のようで、大胆なところがある。周りを振り回してでもやりたいことに突き進みそうだ。となれば断ったところで華さんはやってくる。あのときのサブレみたいな賄賂を持ってきて、バーベキューをしましょうなんて言いそうだ。

「いいよ。華さんの体調がいいときにバーベキューしようか」

そう答えると、拓海は「助かる」と小声で言った。もっと大きな声で言えばいいのにと言って振り返ろうとしたとき、視界の隅で石階段から誰かが下りてくるのが見えた。

その人物も私達を見つけている。階段を下りると小走りにこちらへやってきた。

「千歳ちゃん！　……ってなんで兄貴がいるんだよ」

「そこで拓海と会ったの」

「なーるほど！　兄貴、港に行くって言ってたもんなー」

「……え？」

引っかかるものがあった。港とコンビニは逆方向にある。私達の家があるのは港とコンビニの中間地点なのに、拓海はコンビニに来て『近くに寄った』と言っていた。矛盾している。

「拓海、港に行ってたの？」

「……いや」

気になって問うも、拓海は言葉を濁《にご》してしまった。港に寄ったあとコンビニに来たのか、それとも港に行くと嘘《うそ》を吐いてコンビニに来たのか。気になるけれどこれ以上は聞き出せそうになかった。拓海のことだからふらふらしていたのかもしれない、と勝手な結論を出し、疑念を呑《の》みこむ。

私達のやりとりを眺めていた大海は困ったような顔をしていた。

「でも、兄貴には華ちゃんがいるんだからさ。ふたりで出歩くのはあんまりよくないと思うぞー。しかも夜だし！」

「だから、そこで会っただけって言ってるでしょ。家が近いんだから仕方ないじゃん」

大海の言っていることは正しい。華さんがいる以上、こうしてふたりで会うのはよくないこと。さきほど通りすがった同級生のように誰に見られているかわからない。

拓海はどんな反応をするだろうと気になって、見上げる。顔を顰《しか》めていたけれど、すぐに背を向けてしまった。

「俺、寄るところあるから。大海が千歳を送ってやれ」

「兄貴、まだ出かけんの？」

「……少し、頭を冷やしてくる」

言い終えるなり歩きだしてしまった。石階段を通りすぎてどこかへ歩いていく。

もう少し拓海と一緒にいたいと願う気持ちがあるけれど、引きとめられるのは私じゃなくて華さんだ。私は見送るしかできない。

拓海と別れて、私と大海は石階段を上る。大海は、拓海に対する不満をぶつぶつと呟《つぶや》いていた。

「島に帰ってきてからの兄貴、今まで以上に何考えてんのかわかんないんだよなあ」

「大海がわかりやすすぎるだけじゃない？」

「んなことないって！　彼女連れて戻ってくるし、草野球の誘いだってぜんぶ断ってるし。野球命だった兄貴が別人になったみたいだよ」

そういえば、拓海は同級生から野球しようと誘われていたけれど、返事をしていなかった。昔なら飛びついていただろう話なのに。

「しかもさー、甲子園の土を持って帰ってこなかったんだよ。甲子園に出て負けたチームがみんなやる定番のアレ！」

夏の全国高等学校野球選手権大会では、負けた学校の選手が土をかき集めているシーンがよく見られる。念願の甲子園に出場した記念として、土を持って帰ってくるのだ。拓海のときもチームメイトの子が泣きながら土を集めていた。また甲子園に来るためにと持ち帰らない人もいるらしい。でも拓海が出場したときは高校三年生で、それがラストチャンスだった。拓海も持って帰ってきたのだと思いこんでいたから、本人に聞いたことはなかった。意外だ、と驚きながら呟《つぶや》く。

「……持って帰ってこなかったんだ」

「それを飾るのがオレの楽しみだったのにさー。観賞用の瓶まで用意したんだよ」

「いや、甲子園に出たのは拓海であんたじゃないから」

「いいじゃん家族サービスってことで」

「その言葉、使うところ間違ってる」

拓海は昔のほうがわかりやすかった気がする。今は、たまに真っ暗になって見えなくなってしまう。

石階段を上る途中で振り返ると真っ暗な海が見えた。暗い海の向こうに何があるのかはわからない。島を出た拓海がこの暗闇に呑《の》まれてしまったみたいで、島を出た人はみんな変わってしまうのかと怖くなった。この島の向こうに、私の知らないものがある。

海から顔を背けて再び歩きだす。大海が思いだしたように「そうだ」と切りだした。

「前に借りた青春恋愛の本。もう少し借りててもいい？」

「いいよ。読む気ないし、急いでないから」

「あの本……なんか、似てると思った」

私の前を歩く大海の表情はわからなかったけれど、聞こえてきた声は切ないものだった。誰に似ているのか想像がついてしまったからその名を呟《つぶや》く。

「登場人物が拓海と華さんみたいでしょ」

「……うん」

「私もそう思った。ふたりが主役みたいだなって」

手元に戻ってきたところで、読み進めることはきっとできない。ページをめくるたびに自分は脇役だと告げられているようで苦しくなるから。

「本は、返さなくてもいいよ」

それから家に入る直前に別れの挨拶《あいさつ》を交わすまで、私達の間に言葉はなかった。

第三章　脇役は人魚姫の夢を見る

相変わらず華さんはコンビニにやってくるたび、拓海の話をする。

「たっくんって髪の毛を伸ばさないのかなあ」

今日の話題は髪型についてだ。言われてみると髪を伸ばしているのは見たことがない。

私の親は美容師なので、母が鹿島兄弟の髪も切っていたけれど、拓海に関してはハサミではなくバリカンを使っていた。高校を卒業した今は丸刈りではなくなったけれど、名残を惜しむように髪は短め。野球をする気がないのなら伸ばしてみればいいのに。

「想像すると……いや、髪を伸ばした拓海って想像できないや。笑っちゃいそう」

「わたしはたっくんなら何でも似あうと思う！」

それは彼女だからこそのフィルターだと思われる。好きな人なら何でもいいみたいな微笑《ほほえ》ましい話。いつもここに来て惚気《のろけ》ているけれど、今日も例に漏れず惚気《のろけ》全開だ。

「髪を伸ばしてほしいってお願いしてみたら？　彼女の頼みなら聞いてくれるかもよ」

「言ったことあるの。でも『短い髪が似あってるって言われたから』って不思議《ふしぎ》な理由で、ぜんぜん伸ばしてくれないの」

「なんだそりゃ」

私と華さんは顔を見あわせて笑った。わざわざ短くする理由でもあるのかと思えば、誰かに褒《ほ》められたからなんて単純なものとは。

「千歳さんの髪はとっても綺麗《きれい》。染めているのよね？」

「うん。親が美容師だからお願いしてる」

「いいなあ……羨《うらや》ましい」

「華さんは？」

この質問がよくないものだと気づいたのは言ったあとだった。

華さんは帽子と髪を指さして「これ偽物なの」と言う。明るい口調で楽しそうに言うそのギャップに、息を呑《の》んだ。

「治療の影響で髪が抜けちゃったから、今はウィッグをかぶっているの。外したところ見てみる？」

「……変なこと聞いて、ごめん」

「やだ、そんな顔をしないで。これも意外と楽しいのよ。髪型を変えたくなったら新しいウィッグをかぶればいいから気にしてないの」

何気なく話して、まるで普通の友達のようだから忘れてしまうけれど、華さんは私の知らないものと闘《たたか》っているのだ。彼女の体を蝕《むしば》む病が顔を出すたび、私は自らの浅慮《せんりょ》が恥ずかしくなる。

薬の副作用で髪が抜けるというのは聞いたことがあったけれど、それが目の前で起きている。言われなければその髪が偽物だと気づかなかった。女の子にとって髪の毛というのは大切なものだ。失ったときの華さんの悲しみはどれほどだっただろう。それを明るく笑顔で語る彼女の姿に胸が痛む。

「ほら、わたしのことはいいから、千歳さんのお話を聞かせて。伸ばしているけれど髪を切りたくなったりしないの？」

「あー……それは――」

切らないわけではないけれど、ある程度の長さを保つようにしている。それはいつからだろうと記憶を遡《さかのぼ》り、小学生の頃に行き着いた。

きっかけは人魚姫だった。

島の小学生は少ないため、文化祭のときは低学年と高学年に分かれて演劇をやると決まっていて、必ず海に関わる劇を上演していた。その年は人魚姫。低学年グループだった私は主役に決まり、ニコイチ扱いだった拓海は当然のように王子様役になった。

役が決まってからは練習の日々が続いた。そして本番まで一週間に迫ったときだ。

たった一日、私が風邪で休んでいるうちに事件が起こっていた。

『拓海、おはよう』

『……おう』

風邪が治っていざ登校すると、拓海の様子がおかしい。口数は減って、学校に近づけば近づくほどため息を吐く。私が休んだ間に何か起きたのだと察した。

そうして放課後。演劇の練習が始まるとその理由がわかった。クラスメイトが私に言ったのだ。

『嘉川さん。おうじさまがほかの子になったよ』

私が休んでいる間に王子様役は別の男の子に代わっていて、拓海は教室の隅で俯《うつむ》いていた。教室を見渡してもこの話は終わったとばかりにみんな平然としていて、まるで浦島太郎の気持ちだ。

何があったのかわからないまま練習は進んだけれど、楽しみにしていた演劇は役が変わっただけで急につまらないものになった。その頃は拓海が好きというより仲のいい幼馴染《おさななじみ》という感覚だったけれど、信頼している友達と一緒ということが私にとって重要だった。

　なぜ王子様役が他の子になったのか、拓海から理由を聞きだしたのは帰り道だった。

『どうしておうじさまやめたの？』

『……ほかのやつが、おうじさまやりたいって言ったから』

『それでやめたの？　拓海はそれでよかったの？』

『いや、だった、けど』

『けど？』

『みんながいたから……言えなかった。みんなのまえでことわったら、あいつがかわいそうじゃん』

　拓海はよく言えば優しい男で、悪く言えば流されやすい。自分の気持ちをあと回しにしてしまうところがあった。王子様役をやりたいと言いだした子のことを考えて、何も言えなくなってしまったのだろう。

　風邪で休んだことをひどく後悔した。私がその場にいたら、拓海に手を差し伸べることができたかもしれない。風邪なんて引かなければよかったのに。今更悔やんだところで演劇の日は迫っている。私は拓海の肩を叩《たた》いて励ました。

『……しかたないよ。ことわれなかったんでしょ』

『千歳、ごめん』

『いいよ。そのかわり――』

王子様役をやるなら拓海だと思っていたから、私はある提案をした。

それが実行されたのは文化祭が終わったあとだ。内緒で衣装を持ち出し、ふたりで石階段に集まる。夕日のスポットライトを浴《あ》びて、ふたりだけの人魚姫を始めた。

台詞は覚えていたので、舞台が学校から石階段に変わっただけ。お世辞にも上手とはいえない演技力だけど、本番の劇より充実していた。とにかく幸せだった。

ふたりだけの人魚姫が終わって、拓海が笑った。そして学校から持ち出した衣装のひとつ、金色のロングウィッグを指で示す。

『ほんもののおひめさまみたいだ。にあってる』

文化祭のたびに使われる小道具のウィッグなのでぼろぼろだったけれど、拓海が褒《ほ》めてくれたことが嬉しかった。

『こんども、おれがおうじさまやる。千歳はおひめさまな』

『うん』

『おれ、千歳とあそぶのがたのしい。千歳がいちばんすきだ』

『私も拓海といっしょがたのしい』

『じゃあ、おとなになったらけっこんしよう。ずっといっしょにいよう』

『おっけー。やくそくね』

その言葉の意味をどれだけ理解していたのかわからないけれど、約束はなんとなく私達の間に残っていた。

中学生になってどんどん拓海のことを好きになって――人魚姫は泡になって消えるけど、この約束はハッピーエンドになるのだと信じていた。

昔のことを思いだして気が重くなった。華さんは友達だけれど、この話をする気にはなれず、苦笑いで誤魔化《ごまか》す。

「……人魚姫、って悲しい終わり方をするのにね」

「人魚姫？　どうしたの、千歳さん」

「なんでもない――で、何だっけ。髪を短くしないのって話だったよね。今のが気に入っているからしばらく切る気はないかなあ」

「もったいないなあ、ショートカットも似あいそうなのに」

拓海が、お姫様のようだと褒《ほ》めてくれた。その一言があったから、髪を伸ばしたり明るく染めたりしてしまう。なんて浅い理由だろうと我ながら恥ずかしい。

まだ、髪は切れそうにない。切りたくないと思っている。

そんな私の様子をしみじみ眺めていた華さんが言った。

「千歳さんは素直になったほうが可愛《かわい》いと思うの」

「今が可愛《かわい》くないってこと？」

「そういうところがひねくれ天邪鬼《あまのじゃく》の千歳さんよ！」

素直になれという台詞、ここ最近で何度聞いただろうか。大海も華さんも言うので聞き飽きてしまいそうだ。

「わたし、この病気になって気づいたの。好きなことをめいっぱいしなきゃだめ、自分に正直に、悔いなく生きなきゃだめなんだって」

「……なるほど」

「ずるくなってもいいと思うの。それが自分のしたいことだったら、がむしゃらになってでも動かないと後悔しちゃう」

華さんの瞳が柔《やわ》らかく細められ、マスクの下で彼女の唇《くちびる》が弧を描いているのを想像した。微笑《ほほえ》む彼女はとても綺麗《きれい》だ。もし私が素直になれば、華さんのように眩《まぶ》しい存在になれるのだろうか、なんて似あわない考えが浮かんだ。

私は「考えておく」とそっけない返事を残しながら、カウンターの下に隠したスマートフォンを確認する。今日は華さんの顔色が悪かったから迎えを呼んでおいた。まもなく拓海が来るだろう。

華さんの迎えと言い訳をしながら、本当は拓海に会えることが嬉しい。そんな気持ちを抱く自分が醜《みにく》く、ずるいと自覚していながらも、私はそれを隠して華さんと話す。

素直になれと言われたって遅いんだ、人魚姫は泡になって消えてしまった。

＊　＊　＊

夏が近づくにつれて、華さんの体調が上向きになっていった。そのためバーベキューも何とかなりそうで、私達は慌《あわ》ただしく準備していた。

夏になると美岸利島は騒《さわ》がしくなる。観光客が増え、特に世間一般の夏休みと呼ばれる期間は連絡船も増便されるほど忙しい。コンビニは海水浴客に向けた品揃《しなぞろ》えへと変化し、入り口付近には日焼け止めやサンオイル、バーベキュー用の網から炭といった、夏満喫セットが並んでいた。

夜、レジ閉め作業をしていると自動ドアが開いた。それが拓海だと気づいて、私は軽口を飛ばす。

「お客様、あと五分で閉店ですよ」

「炭買いにきた」

ドア付近に展開した夏満喫コーナーから小さな炭の箱をひとつ手に持ってくる。閉店作業をしていた店長がそれを受けとって、レジを打つ。電子音が鳴って液晶に金額が表示された。その液晶を確認したあと、店長は思いだしたようにガラス窓へ目をやる。

「外はまだ晴れてたかい？」

「今のところ」

拓海が答える。ポケットから財布を取りだして小銭《こぜに》を並べていた。

「天気予報じゃ夜に雨が降るらしいぞ。傘は持ってきたか？」

「……いや」

店長は「ちょっと待ってろ」と言って控え室に引っこんでいった。おそらく傘探しだ。けれど控え室の置き傘は、おばあちゃんに貸してまだ戻ってきていないはず。そう考えていると店長が戻ってきて「悪い、傘なかった」と言った。次は私に矛先が向く。

「ところでよ。控え室に一本も傘なかったけど、千歳ちゃんの傘は？」

「家にありますね」

「はー……こいつらはまったく、若いやつは天気予報を見る習慣がないのかねぇ」

そういう日に限って自転車を置いてきてしまった。自転車を押して石階段を上るのが面倒で、それなら歩いていくなんて気まぐれが発動したためだ。もちろん天気予報は見ていない。

店長は私に呆《あき》れつつ、肩を叩《たた》いた。

「あがっていいぞ。雨が降る前に帰りな」

「まだ仕事があるんじゃ……」

「あとはひとりでもできるからいいよ。それよりも千歳ちゃんに風邪引かれたら困るからな。千歳ちゃんも大海もうちの優秀なスタッフだ」

大海が聞いたら喜びそうだけど、店長は面と向かって言わないだろうから、今度こっそり伝えてあげよう。

店長の厚意に甘えて、控え室で着替える。

いざ外に出るとアイスキャンディの袋を持った拓海が待っていた。

「どうしたのそれ」

「買った。一緒に帰るなら食おうと思って」

「いいねー、雨降る前に石階段寄ってこうよ」

拓海が待っていてくれたこと、一緒に帰れること。ぜんぶが嬉しくて顔がにやけてしまう。自制しなきゃと思っても、拓海と向きあえばその気持ちが薄れてしまっていた。隣を歩く拓海を見上げれば、この人が好きだという気持ちがふつふつと湧《わ》いて胸が苦しい。その苦しさが溢《あふ》れてしまわないように、口から出るのはくだらない話。

「こないだおじさんが家に来てたよ。うちの父さんと朝まで飲んでた」

「親父いないと思ったら、またお前の家にいたのか」

「おすそわけでもらった塩辛を食べたけど、おいしかったよ」

「そう言うと思ってた。こういうおつまみ系の食べ物好きだろ？　だからお前のところに行くときは持っていくよう、親父に頼んでたんだ。また手に入ったら持ってく」

よく見るとふっと柔《やわ》らかく微笑《ほほえ》んでいるし、足の長さは違うのに歩く速度だって合わせてくれる。拓海のそういうところが好きだ。歩道がぐにゃぐにゃのスポンジになってしまったのかと思うほど、心が浮ついている。

どうしようもないくらい、楽しくて幸せで。この帰り道がずっと続いてほしい。コンビニから家までもっと距離があればよかったのに。

「もし、拓海と同じ高校に通《かよ》っていたらどうなってたんだろ」

「俺が島にいたら、ってことか？」

「きっと拓海は野球部で、私は……やりたいことがないからなあ」

「小さい頃は美容師になりたいって言ってただろ」

「昔の話ね。心からやりたいもの、欲しいものが見つからなくて今は目標未設定」

平凡な家庭に生まれて、不自由なく平凡に育って。そうして平凡なまま死ぬのだと思う。物語にあるような特殊な環境はなく、学校や家庭にも問題はなく。普通すぎる人生だからやりたいことは特にない。普通ではないものがあるとすれば、幼馴染《おさななじみ》との結婚の約束ぐらいだけど、それはなくなってしまったからやっぱり平凡。

同級生の多くは島を出て、進学したり就職したりとそれぞれの道へ進んだけれど、私は想像すらしたことがない。美岸利島を窮屈《きゅうくつ》と感じることがなかった。

「外に出たら、そういうのが見つかるかもしれねーぞ」

「今も外にいるけど」

「そういう意味じゃねーよ。ばーか」

こつん、と優しく頭を叩《たた》かれる。見上げると拓海はどこか嬉しそうにしていた。拓海の言いたいことは伝わっている。外——つまり島の外に出たら、何か見つかるのだろうか。

「拓海はこのまま島に——あ」

私の言葉を遮《さえぎ》るように、ぽつりと雨粒が落ちた。

「雨だな」

「降ってきたね」

店長の天気予報は当たっていて、ひとつ雨粒が落ちると次から次へと勢いを増していく。空気は湿気を孕《はら》んで重たく、蒸した草木のにおいが濃くなった。

「雨、ひどくなってきた。走って帰る？」

「どうせ通り雨だろ。そのうち小雨になる」

拓海がちらりとこちらを見る。

「時間あるなら雨宿りしていこうぜ」

「昔もあったね、それ」

「学校帰りにバス停で雨宿りしたな」

「あの狭いベンチによくふたり座ってたね。今だと窮屈《きゅうくつ》そう」

バス停の狭いベンチに、体格のいい拓海と並んで座っていたことを思いだして笑う。

あの頃よりも今のほうが体格がよくなったから、もっと窮屈《きゅうくつ》に感じるのだろう。けれど拓海はとぼけた様子で軽く言った。

「じゃ、試してみればいいだろ」

「試さなくてもわかるって。絶対狭いから」

「どうだろうな――ほら行くぞ」

雨はあっという間に土砂降りとなって、私達は走りだす。もう少しで石階段というところだったけれど、予定は変わって海岸線のバス停へ。屋根もベンチもあるバス停は、雨宿りに最適な場所だった。

どうにかバス停の中に滑《すべ》りこむも、雨に当たった私達の服や髪はびしょ濡れになっていた。拓海は抱えていた小さい段ボール箱が濡れているのを確認して「買ったばっかりなのに……」とため息を吐いている。そういえば中身は木炭だっけ。バーベキューまで日にちがあるのがまだ救いだ。

「カバンにタオルが……あったあった。先に使っていいよ、濡れちゃったでしょ」

「俺はいい。千歳が使え」

拓海はベンチに座らずバス停の外の雨を眺めていた。汗と雨が混じったものが額から滑《すべ》り落ち、着ていたTシャツを伸ばしてそれを拭《ぬぐ》う。シャツを引っ張るのでお腹がちらりと見えていたけれど、直視してはいけない気がして視線を外した。心臓が早鐘《はやがね》を打っている。あの仕草は中学生のときにもしていたのに、今は目のやり場に困る。

「座らないの？　窮屈《きゅうくつ》か試してみるんじゃなかった？」

声をかけると拓海はこちらをちらりと見た。でも、それはほんの一瞬。ふいと顔を背けて、再び外を眺めてしまった。

「俺は……いい。それよりもお前、風邪引くからちゃんと拭《ふ》けよ。服まで濡れてる」

「この程度で風邪引かないって」

「そうじゃなくて……目のやり場に困る」

戸惑《とまど》うような恥じらうような拓海の言葉に、私は自分の姿を確認した。なるほど、確かに雨で濡れたシャツが体にぴたりと張りついている。

目のやり場に困る、なんてお互い同じことを考えていたのが面白くて、私はつい笑ってしまった。

「何、笑ってるんだよ」

「似た者同士だなと思って」

「は？　わけわかんねー」

「こっちの話。じゃ、先にタオル使う」

タオルで拭《ぬぐ》ってても一度雨に当たってしまった服が元に戻ることはなく、シャツが肌にまとわりついて気持ち悪い。髪だって拭《ぬぐ》ったところで湿っぽい。

私と違って、拓海の短い髪ならタオルで軽く撫《な》でるだけで水滴が取れそうだ。そういう意味では短髪は楽だと思う。野球部時代の丸刈りなら、すぐに乾いてしまいそうだ。

今はちょっとだけ羨《うらや》ましい。

「髪を伸ばさないの？　もう野球部じゃないんだから髪を短くしなくたっていいでしょ」

野球をする気がないのなら髪を伸ばしたっていいだろうし、華さんだって伸ばしたところを見てみたいと言っていた。私は軽い気持ちで聞いたけれど、拓海の受けとめ方は違ったらしい。

振り返った拓海と目が合う。雨が地面を叩《たた》きつける音しか聞こえない時間が少しあって。それから――

「お前は、そうしてほしいのか？」

予想していない答えだった。面食らっているうちに拓海はベンチへと歩み寄り、気づけば私の前に立っている。

真剣な顔をしていた。この男がこんな顔ができるのだと知らなかった。

正面から見つめられていることが急に恥ずかしくなって、逃げるように拓海の肩へ視線をずらすも、Tシャツが肩や胸に張りついて隆々《りゅうりゅう》とした体のラインが浮かび上がっていて、なんだか気まずい。

小学生、中学生を超えていつの間にか大人になっている。他の人が相手ならば普段通りにいられたのだろう。でもここにいるのは拓海だから、だめだ。

私の返答を待っていた拓海は、言葉が出ないことを察したらしい。その唇《くちびる》から紡《つむ》がれた言葉は、呆《あき》れるような笑っているような、複雑なニュアンスを孕《はら》んでいた。

「短い髪が似あうって言ったの、千歳だろ」

雷が落ちるように、思いだす。

野球をやるならこの髪しかないと主張する鹿島家の父によって、丸刈りにされてしまった日のこと。髪がミリ単位になったことで意気消沈している拓海の様子や、まんまるとした頭のライン、そこから繋《つな》がるうなじや首。あらゆるものが可愛《かわい》く見えたのだ。励ますように『かっこいいよ。拓海は短い髪が似あう』と褒《ほ》めると、拓海は嬉しそうにしていて——その日から、ずっと変わらない。

「……そうだね。言ったの、私だ」

拓海は覚えていた。そのことが嬉しくて小さく微笑《ほほえ》む。拓海は私の頭を指で示して言った。

「お前だって、髪型変えてないだろ。今も昔もその長さだ」

「気に入ってるから、これ」

雨をたっぷり含んだ髪の毛先を指ですくう。そこで思いつき、拓海に聞いた。

「切ったほうがいい？」

「その長さが気に入ってるんじゃなかったのか？」

「一応、拓海の意見も聞く」

ロングヘアーを維持する理由は隠して、意地を張って、拓海に聞く。島を離れている間に好みが変わっているのかもしれないと思ったけど、あっさりと否定された。

「俺はそれでいいと思う。お姫様みたいで似あってる」

その言葉は、人魚姫を演じたときと同じもの。この髪型を維持する理由となった発言を再び聞くことができて口元が緩む。腹のうちを見透かされているような恥ずかしさと、拓海も覚えているのかもしれないという喜び。だけど私の素直じゃない一面が、それを表に出さぬようにした。

「……あっそ」

「人に聞いておいて、そっけねーな」

「別に。参考にはするけど、採用するかはわかりません」

「お前ってほんとひねくれてんな」

拓海が苦笑する。額を伝い落ちてきた汗を拭《ぬぐ》うと、再びこちらに向きあう。真剣な顔つきに戻って、彼は聞いた。

「それで、俺は？　髪を伸ばしたほうがいいか？」

「私の好みで答えていいの？　大海のほうがファッションセンスあると思うけど」

「俺はお前の意見を聞きたい」

「うわ、責任重大」

呆《あき》れたように笑って、答える。私の意見なんてとっくに決まっているから。

「……今の、短いほうが、かっこいい」

するとと拓海は、気が緩んだように小さく笑った。安心したような顔をして、それから昔と同じように「わかった」と嬉しそうに答えた。

「じゃ、このままでいる」

「拓海は即採用なんだ？」

「俺は、お前ほどひねくれてないから」

お互いに、昔の言葉を支えにしているのかもしれない。髪型の話なんて忘れてしまいそうなものを、大切に胸の奥に仕舞いこんで生きている。私も拓海も、不器用だ。

「丸刈りのときは頭を撫《な》でるのが好きだったよ。手触りがタワシみたいで」

「お前、俺のことタワシだと思ってたのか。だからよく頭を触りにきてたんだな」

「そうそう。でも今の長さはどうだろ」

頭を撫《な》でると手のひらに短い毛がちくちく刺さるのが面白くて、昔はことあるごとに頭を撫《な》でていた。思いだすとその感触が懐《なつ》かしい。

「昔みたいに頭を撫《な》でたかったけど、屈んでもらわないと無理だね」

手を伸ばすけど、座っている私と立ち上がっている状態の拓海では差がありすぎる。

あの頃と違って、拓海は背が高くなってしまったから。私がベンチに座っていなかったとしても、屈んでもらわなきゃ届かない。

それに苦笑していると拓海の体がぐらりと動いた。

視界の端で曲がる膝、傾《かたむ》く体。だからそのまま、屈んでくれるのだろうと思っていた。

けれど肩に温かいものが触れて——拓海の手だと、すぐ気づいた。

濡れたシャツを通じて伝わる拓海の体温と、重み。そしてゆっくりと落ちる影。雨粒が地面に落ちるように、自然と。

「千歳」

声が、好きな人の声が私の名を紡《つむ》いでいる。それだけで雨音は聞こえなくなった。

私のあらゆる感覚が拓海に向けられていた。距離は少しずつ迫って、私の呼吸までこいつに掌握《しょうあく》されている錯覚。頭の奥がじりと焦げついて、まばたきすらできない緊張感。

もうすぐ触れる、距離はゼロになる。

肩に置かれた手に力が込められた——その瞬間《しゅんかん》。私の体が動いて、ベンチに置いていていたアイスキャンディの袋に当たった。

溶けかかったアイスキャンディの袋は地面に落ちる。その音は雨音より小さかったけれど、バス停に満ちていた不思議《ふしぎ》な空気を壊した。

「――っ」

拓海が手を離した。

その顔は珍しく真っ赤になっていて、しかし驚いたように目を見開いていた。我に返るという言葉がぴったりな反応だ。拓海は数歩あとずさりをして、詰められていた距離が一気に空く。

拓海が驚いているように私だって驚いている。今、何が起きようとしていた。心臓がパニックを起こして大暴れをし、彼をまともに見ることができない。私の顔も真っ赤になっているかもしれないから。

だってさっきの距離、拓海がしようとしていたことは。

神様が数センチぐらい背《せ》を押していたら、私達の唇《くちびる》は触れあっていたのかもしれない。考えれば考えるほど鼓動は急いて、恥じらいとは違うむず痒《がゆ》い感情がじわじわと込みあげる。

けれど――雨音だけの静かなバス停で、その唇《くちびる》が紡《つむ》いだのは残酷《ざんこく》な言葉だった。

「ごめん」

浮き足立っていた思考が冷えていく。どこかで期待していたのかもしれない。私が聞きたかった言葉はつらそうに絞り出す謝罪じゃなくて、別のものだった。

空を飛んでいたのに一瞬で地面に叩《たた》きつけられたような、裏切られたような、そんな気分の急落。でも少しの反応も見せたくなかった。傷ついているなどこの場でだけは認めたくない。妙なプライドが作用する。

「と、ところでさ……拓海に、えーっと、その」

何事もなかったように振る舞いたいのに、うまく話題が出てこない。

しどろもどろになりながら話題を探し、昔のことを思いだした。口数の少ない拓海が饒舌《じょうぜつ》になる瞬間《しゅんかん》は野球の話だった。彼の最も好きな話題と言っても過言ではない。これなら気まずい空気も誤魔化《ごまか》せると思い、甲子園の話題を選んだ。

「甲子園の話、ぜんぜん聞いてなかったと思って。どうだった、憧れの舞台は？」

「……っ、それは」

おかしい。

拓海のこんな表情、見たことがなかった。

野球が絡んだ話なら何であれ喜んでいたし、ときには私が引くほど饒舌《じょうぜつ》に語っていた男が、口ごもって俯《うつむ》いている。朝から晩まで野球のことばかり考えていたような人がどうして、苦しむように唇《くちびる》を噛《か》みしめているのか。

そこでようやく、気づいた。

拓海は野球の話をしなくなった。あれほど憧れていた甲子園の感想でさえ、拓海の口から一度も聞いていない。島民や叔母に聞かれても語ろうとしなかった。昔ならば飛びつきそうな社会人野球だって、同級生に誘われても遠ざけている。

私の知らない顔をしている。拓海を苦しめているものが知りたかった。

「ねえ、拓海……甲子園で、何かあった？」

拓海の肩がびくりと震える。けれど、答えてくれるのは雨音だけ。

コンクリートに力強く打ちつけていた雨粒は次第に優しいものへと変わっていく。

そして――聞こえてきたのは、私でも拓海でもない。三人目の声だった。

「……何、してんの」

振り返ると、大海がいた。眉間《みけん》に皺《しわ》を寄せて拓海を睨《にら》みつけている。元々感情が表に出やすかったけれど、今はひときわわかりやすく軽蔑《けいべつ》のまなざしをぶつけていた。

「大海、なんでここに」

「雨が降ってきたからコンビニまで迎えにいこうと思ったんだ。近くにいてよかったよ。

千歳ちゃん。帰ろう」

有無を言わさず強く腕を引っ張られ、私は立ち上がるしかない。大海のどこにこんな力があったのだろうと怖くなる。いつもと変わらない態度をとりながら、でも冷えている。大海に似あわない冷たさをしていたから、待ってと声をかける隙《すき》はなかった。

大海は、立ちつくしている拓海を睨《にら》む。私に向ける声音《こわね》から一転して、怒気を孕《はら》んだ声だった。

「兄貴はどうすんの」

「……雨がやむまで、ここにいる」

大海は何も言わず、背を向けた。腕は掴《つか》まれたままなので、私も引っ張られるままに歩きだす。大海が怒っているのがわかったから、立ち止まることも振り返ることもできず、拓海の様子を確かめることはできなかった。

「あのさ、千歳ちゃん」

石階段を上り終えたところで、それまで無言を貫《つらぬ》いていた大海が口を開いた。でもその視線はまっすぐに遠くの何かを見ていて、彼なりの苛立《いらだ》ちを示すように傘の柄を強く握りしめている。

「オレ、何も見てないけどさ。兄貴と千歳ちゃんの関係って、よくないものだと思う」

忠告だ。私の心に刺さる、冷ややかな現実。でも大海の言う通り、私と拓海がふたりでいるのはよくない。もし私達を知る他の人がバス停のやりとりを見ていたら、大海と同じことを言うのだろう。

それでも、雨に当たって体は冷えているくせに、拓海が触れた肩の部分だけ温かい。

家に戻ってから、私は自室に向かった。服を着替えるとか髪を乾かすなんてあと回しにして、テレビの前に座る。

思い返すのはバス停のこと、甲子園のこと、拓海のこと。

録画していた去年の甲子園の試合を再生する。拓海が出る場面だけマークをつけていたからすぐに再生することができて、一時停止して確認してみるけれど、画面に映る彼におかしなところは見当たらなかった。

「……どうして」

この日、テレビに映っていないところで、何があったの。何度も何度も再生して探してみるけれど、見つかりそうにない。

それに――どうしてキスをしようとしたのだろう。思い返せば、じりじりと唇《くちびる》が熱くなる。けれど、触れることはなかった拓海の唇《くちびる》。ずっと一緒にいたくせに触れたことはないから、あの唇《くちびる》の温度も感触もわからない。

テレビに映っている、ゲーム終盤《しゅうばん》の拓海。悔しそうにする彼の表情に、何かが隠れている気がした。

そこでドアが開いた。慌《あわ》てて一時停止のボタンを押そうとしたけれど間にあわず、ノックもなしに母が部屋に入ってきた。

「千歳、帰ってきてたの。あんたはただいまも言わないで、もう」

リビングに寄らず自室に入ってしまった私に、母は呆《あき》れているようだった。ため息を吐いて、私とテレビを交互に見ている。

「また甲子園……何回見てるのよ、それ」

「別に」

「あんた、よほど拓海くんのことが……」

最後まで言い切らず、母はため息を吐いて隣に座った。額に手を当て、考えているもしくは反省しているような、とにかく沈んだ表情をしている。そして静かに、絞り出すような声音《こわね》で告げた。

「私達、千歳に悪いことをしたわ……大人が勝手に盛り上げて、やれ結婚だのと騒《さわ》いでしまったから、そういう気持ちにさせちゃったのかもしれない。悪いのは大人よ」

「父さん達が幼馴染《おさななじみ》だったから、もし子ども達が結婚したらなんて、浮かれたことを考えていたのよ。それが千歳を振り回してしまった。ごめんなさい」

私が抱く拓海への気持ちは、他人が作りあげたものだと言われている気がして、すかさず声をあげた。

「そんなことない、絶対にない」

「千歳……」

「誰かに言われたからじゃない、大人なんて関係ない。私は——」

『拓海が好き』の言葉が出てこなかったのは、口にしてはいけないと躊躇《ためら》ったからだ。こぼれそうになったそれを呑《の》みこむ。

私の迷いは母にも伝わったのかもしれない。「そっか」と優しく呟《つぶや》いて、背中から優しく抱きしめてくれた。

「最近のあんたはご飯もちゃんと食べないし、ぼーっとしていることが多いから、いつか倒れちゃうんじゃないかって心配なの。それなら距離を置きなさい」

「……難しいでしょ。家もこんなに近いのに」

「簡単よ。あんたが、島を出ればいい」

「何それ」

母の言葉に、息が詰まりそうになった。

拓海がいるこの島を出ていくことが確かに最善の道かもしれない。近くにいればいるほど、私は拓海のことが好きで忘れられず、華さんと拓海の姿を眺めては苦しくなる。それなら物理的に距離を空けたほうが楽になる、きっと。

「父さん、反対しそう」

「お母さんが説得するから大丈夫よ。これは大人達にも責任があることだから」

「華さんのことだって……」

「それは考えなくていい。追いこまれてしんどいときに守るべきなのは自分自身よ。それができないとどんどん周りを傷つけて、自分も傷つけられていく。だから無理をしてつらい状況に居続けなくていいの」

ひとたび島を出てしまえば、拓海に会うことはなくなる。島を出るとき、拓海のことを好きな気持ちを置いていく。私にそれができるのだろうか。

うまく想像できず言葉を紡《つむ》げない。そのうちに母は「考えておいてね」と言った。

テレビには甲子園の試合の終わりが映っている。チームメイトが涙している中、泥だらけのユニフォームを着た拓海は空を見上げて動かない。

テレビ越しでもその姿は、私の胸を苦しめる。この状況でも、愚かな私は拓海のことが好きでたまらない。

＊＊＊

嫌でもバーベキューの日はやってくる。今更行かないと言えば、大海も華さんも何かあったのかと追及してくるから断れない。

『華さんとは手を繋《つな》いだことしかないと言っていたのに、どうして私にキスをしようとしたの』という疑問は潔く封じることにした。雨のバス停で起きそうになったことを忘れなければ、拓海や華さんの顔をまともに見られないと思ったから。私に求められているのは何事もなかったように振る舞うことだ。

華さんの体調も安定し、天候もよかったのでバーベキューは予定通り行われることになった。浜辺に人は少なく、華さんの両親も何かあれば駆けつけると言い残して本町に引き上げていった。

海に入ることはないので水着ではなく軽装だけれど、それでも気分は味わえる。砂浜に置いたチェアは少し不安定で、華さんはそれに座って楽しそうに笑っていた。

「兄貴、肉が焦げる」

「そうだぞ拓海。ちゃんと管理して」

「なんで俺ばっかり……」

バーベキューコンロの前に立つ拓海がぼやくのも当然だ。火をおこして肉を焼くまでの流れはすべて拓海が担当していて、私と華さんと大海はチェアに座ったまま立ち上がろうともしていない。

「そりゃあんたが一番食べるからよ。私達が食べてから拓海もどうぞ」

「俺は残飯処理係じゃねーぞ」

「兄貴、華さんのお皿が空《から》っぽ。オレも食べ足りなーい」

「お前らなあ……」

「ふふっ、たっくん頑張れー！」

「大海！　お前も手伝え！」

「い、いやあああ……肉焼き係に連れていかれるぅ。千歳ちゃん助けてー」

ついに怒った拓海が大海を引っ張っていったので、私と華さんが残る。

大きなパラソルの下に置いたチェアが彼女の席だ。日差しを遮《さえぎ》る影は健康な人とそうではない人を区切っているようで、そこに華さんをひとりにするのは何だか嫌だった。

私は隣に座る。パラソルの中でも帽子をかぶっているのだなとまじまじ眺めていると、目が合った。

「どうしたの、千歳さん」

「マスク外してるなと思って」

「千歳さんの前で外すの初めてかも。一緒にご飯食べたことなかったもんね」

「いつもコンビニだったからね」

「本当はマスクなんてつけたくないの。必要あるのかなって思っちゃう。どうせ死ぬんだから、こんな息苦しいものをつけたって意味がないのに」

バーベキューの会話としては相応しくない陰鬱《いんうつ》とした単語が、心に引っかかった。この会話を拓海が聞いていたのなら『死ぬな』とか『生きろ』とか言うのだろうか。

「……華さんは、死にたいの？」

そう問うと、華さんは私の顔を見つめて、しっかりと頷《うなず》いた。

「最初の頃は病気が治ったらと願ったけれど、寛解《かんかい》しても結局再発の恐怖に怯《おび》える。もう疲れたから、これ以上苦しい思いをせず終わらせたい。大好きな人達に看取《みと》られて、死にたいの」

華さんは「暗い話をしてごめんね」とつけ加えて微笑《ほほえ》んだ。

死という単語を扱うのには勇気がいる。笑いながら語るようなものではない。だというのに華さんは軽い口調でそれを発する。それだけ、死を身近に感じているのだろう。

私は、華さんに生きていてほしい。けれど私は、彼女が語る病の苦しみを知らず、軽率なことを言える立場にない。

ただ、ひとつだけ気になることがある。

「華さんが死んでしまったら、拓海はどうなるんだろう」

華さんと話しているうちに、私に悪魔が囁《ささや》く。それは『彼女が死んだのなら』というもの。華さんがいなくなれば拓海の隣は空白になる。拓海の彼女がいなくなれば、私が抱えている拓海への想いがそこに入りこめるかもしれない。人として最低な、醜《みにく》い想像だ。我ながら、情けない。

私の問いかけに華さんは目を見開いた。ただそれだけ。彼女の唇《くちびる》は固まっていた。

「拓海はひとりになる。それって拓海にとって悲しいこと……だよね」

華さんは黙っている。残された人のことを、彼女は考えたことがなかったのかもしれない。でもそれは他人について考えるのをやめてしまうほど、つらい思いをしてきたということだ。

彼女は諦めているけれど、拓海はその生を願っている。華さんが望んでいるのは拓海を裏切ることだ。拓海の幸せについては考えられていない。

「拓海のことが好きなら……生きてほしい。病気のことよくわからないから無責任なことしか言えないけど、少しでも拓海のことを思うなら、あいつをひとりにしないで。仮にだめだったとしても、諦めるんじゃなくて、ぎりぎりまで生きようとしてほしい」

紡《つむ》いだ言葉は、悪魔の囁《ささや》きと真逆の色をしていた。

華さんがいなくなれば、私にチャンスが回ってくるかもしれない。けれどそのとき、拓海はどうしているのだろう。笑うことなんてできず、きっと苦しむ。私の恋は、好きな人を苦しめてでも叶えたいものだろうか。

考えた結果、辿《たど》り着いたのはシンプルな答え。

拓海が幸せであればいい。拓海のことは好きだけれど、それ以上に私は彼の幸せを願っている。そのために華さんが必要なら——私は、華さんに死んでほしくない。

「千歳さんは、変わっているのね。いい加減に話を合わせておけば、そのうちにわたしは死んでしまうのに。わたしが死ぬとわかっていても、はっきりと気持ちをぶつけてくる」

「死ぬかどうかは、まだわからないでしょ」

「わたしがこういう状態だから、周りは何だってさせてくれる。許してくれる。こういう話も、可哀想だねって励まして終わるだけなのに。わたし、千歳さんに怒られているわ」

別に怒っているわけじゃないけれど、華さんはそう受けとったらしい。この程度で怒っていると感じるのだから、腫《は》れ物に触るような扱いをされるのが華さんにとって当たり前だったのかもしれない。病気と闘《たたか》う華さんを気遣った結果、誰もその心に深入りできなくなっていく。

「私は華さんの事情に深入りしたいわけじゃない。ただ、深入りしているだろうヤツの言葉をちゃんと華さんに届けたいだけ」

「深入りしているヤツ……なるほど。たっくんね。確かに生きろってよく言ってくる」

「そうだね。拓海はきっと、それを望んでる……と思う」

望んでいると思う。たぶん、きっと。あやふやになってしまうのは拓海の真意が見えないから。あいつは何を考えているのだろう。

拓海の取る行動は違和感《いわかん》がある。

華さんと手を繋《つな》ぐぐらいで、触れたいという感情はわからないと言っていた拓海が、あの日どうして私にキスしようとしたのか。雰囲気に流されたのか、それとも別の感情があったのか。それにしては拓海自身も驚いたような顔をしていたから、わけがわからない。

もやもやとした心を反映するように、語尾は弱くなってしまったけれど、華さんにはじゅうぶんに伝わっていたらしく、珍しく不安そうな顔をして呟《つぶや》いた。

「……でも、わたしが生きてしまったら、ずるい人だって怒られるんじゃないかしら」

「どういうこと？」

「ううん、何でもないの」

彼女の顔に浮かんだ憂いは一瞬で消えて、いつもの穏《おだ》やかな微笑《ほほえ》みに戻る。

「千歳さんが言っていたこと、考えてみる。たっくんを残していいのか、もう一度向きあってみる」

私の頷《うなず》きがぎこちないものになってしまったのは、好きな人に笑顔でいてほしい自分の願いに気づくと同時に、疑問が生じたから。

拓海は——何を考えているのだろう。今は、幸せなのだろうか。

「ありがとう。わたし、あなたと友達になれてよかった」

華さんが言い終えると、大海が戻ってきた。わざとっぽく泣き真似をして「千歳ちゃーん助けてー」なんて喚《わめ》いている。

しかし私達が話していたと気づくなり、きょとんとした顔で首を傾《かし》げた。

「あれ。ふたりして何話してんの？」

「女の子のお話よ。千歳さんが友達でよかった、って言ってたの」

本当に？　と確かめるように大海がこちらを見たので、私は微笑《ほほえ》んだ。


華さんの体調を考慮《こうりょ》して、早めにバーベキューを切りあげた。多めに材料を用意していたけれど、肉焼き係となっていた拓海がそのフラストレーションを発散するように食べてくれたので、クーラーボックスは見事に空《から》っぽだ。

荷物を片づけ終えてこのまま帰る——かと思いきや、華さんがあることを言った。

「わたし、みんなが過ごした場所に行ってみたい。よく遊んだ場所とか公園とか」

よく遊んだ場所と言われても、お互いの家の前でキャッチボールとかかけっこをしていた記憶しかない。拓海はグラウンドで野球ばかりだったし、公園もあるけれどどこから少し歩く。

考えを巡らせていたとき、大海が提案した。

「石階段は？　よく寄り道してたじゃん。アイスキャンディ買ってさ。千歳ちゃんとオレでグレープ味のアイスを奪いあってたよねー」

石階段は拓海とふたりだけでなく、大海も交ぜた三人で寄ったこともあった。

大海はどういうわけか私の真似事ばかりするので『オレもグレープ味がいい！』と言

いだし、よく奪いあいになっていた。しかし、拓海が高校に行ってからは大海とふたりで寄ることが多くなって、グレープ味は私専用になった。

私や拓海だけでなく、大海にとっても石階段は思い出の場所だ。その場所に——華さんが入る。私にとっては拓海と約束を交わした大切な場所で、そこに拓海の彼女である華さんが来るのは複雑だ。

「千歳は？」

拓海に声をかけられて、はっとする。気づかぬうちに俯《うつむ》いていたらしい。

踏みこまれたくない気持ちはある。見渡すと、拓海と大海と華さん、みんなの視線が私に向けられていた。

「……うん。石階段、行こっか」

小学生の頃に、王子様役を代わった拓海のことを思いだした。彼もこんな気持ちになったのだろうか。周りの視線に責められて逃げ道を塞《ふさ》がれていく、じわじわと溺《おぼ》れていくような苦しさ。

拓海と華さんは石階段に向かい、私と大海は荷物を片づけてからアイスキャンディを買いにコンビニへ。その途中で大海が言った。

「……ごめんね、千歳ちゃん」

「何が？」

「石階段行こうなんて言わなきゃよかった。千歳ちゃん、無理した顔してたからさ」

私の表情から何かを察したらしい大海は、石階段に行こうと提案した責任を感じているらしく、しゅんと肩を落としていた。

私は微笑《ほほえ》んで、大海の頭を撫《な》でた。拓海ほどではないにせよ大海だってそれなりに背が高いから、ちょっと背伸びが必要だけど。

「大丈夫だよ。あんたがそんな顔することないって」

「でも本当は嫌だった、よね？」

「そんなわけないってば。それに石階段に行くならコンビニに行かなきゃだし、そうなれば私達が抜けて、拓海達ふたりの時間を作ってあげられる。ばっちりな計画じゃん」

安心してほしくて明るく振る舞ったけれど、それは大海に届かず、むしろつらそうに顔を歪めていた。大海の声が少しずつ荒れていく。

「オレ、千歳ちゃんが何考えてるのかわからなくなってきた」

大海が立ち止まってしまったので、私は振り返る。

「兄貴のことを諦められないくせに、華さんと兄貴を応援してる。苦しそうな顔してるのにつらくないって嘘《うそ》を吐いて。なのに兄貴とふたりで会ってる。バス停でもふたりは……」

「あれは違う！　誤解だから！」

「何が誤解だよ。そう見られたっておかしくないことをしてるのがだめじゃん」

唇《くちびる》を噛《か》んだ。大海が言うことは正しい。たとえ未遂だとしても、私は拒否をするべきだった。少しの距離だって縮めてはいけない。あんな遅い時間に、ふたりで歩いているのはよくないことだとわかっていたのに。

「千歳ちゃんは何がしたいの？　兄貴を奪いたい？　華さんと友達になりたい？　今の千歳ちゃんは中途半端《ちゅうとはんぱ》だよ。どうするか決まらないからどんどん傷ついていく——ううん違うや、傷つくとわかってて何も選んでない」

拓海への想いも華さんのことも、どれも自分を傷つけるとわかっているくせに離れられない。ふたりと接するほど苦しい思いをするのに、私が離れようとしていない。

私は何がしたいのだろう。もやもやとする中、私より早く答えを見つけたのは大海だった。

「千歳ちゃん、今でも兄貴のことを好きでしょ。諦められなくて引きずっている」

「そんなことないって。あいつは彼女がいるんだよ」

「嘘《うそ》だよ。だってオレわかるもん。ずっと千歳ちゃんを見てきたから」

いつもなら『何言ってんの』とか軽口を叩《たた》いてかわしていたけれど、大海のまっすぐで真剣な瞳に屈して強がりを捨てる。私は何も言えず、ぎゅっと唇《くちびる》を噛《か》んだ。

「残酷《ざんこく》なことを言うけどさ、千歳ちゃんの片想いはもう叶わないんだよ。このままじゃ、ずっと引きずって、どんどんつらくなるだけ」

「……私は、拓海が幸せならそれでいいから」

「それ、綺麗《きれい》ごとでしょ。じゃあ千歳ちゃんはいつ幸せになれるの？」

「それは……」

「逃げ出せるのにそうしないで傷つく。誰もそんな傷跡を褒《ほ》めてくれないし、助けにだって来てくれないよ」

冷えた声だった。ストレート、直球。けれどそういうのが沁《し》みるってもので。私は俯《うつむ》いて「そうだね」と小さく返すのがせいいっぱいだ。

「ちゃんと終わらせたほうがいいと思う」

「終わらせるって、どういうこと？」

「好きだって、兄貴に伝えたことないでしょ？　華さんがいるから答えはわかりきってるけど、言えば千歳ちゃんが楽になる。綺麗《きれい》にフラれて、綺麗《きれい》に終わらせられる」

想いを伝えることは、華さんを傷つけてしまうのではないか。反論しかけたところで先に大海が口を開く。

「周りを振り回してでも、千歳ちゃんが気持ちに整理をつける儀式をする。そうでもしないと、千歳ちゃんが楽になれないよ」

「できないよ。拓海や華さんを困らせる」

「華さんはともかく、兄貴には少しぐらい迷惑かけてもいいって。それが許されるぐらい、千歳ちゃんは兄貴に傷つけられてきてるから。弟のオレが許す！」

「……うん」

「前を向こうよ。兄貴のことは終わらせて別の道を進もう。フラれて落ちこんだときはオレが頑張って千歳ちゃんを励ますから」

大海は強張《こわば》っていた口元をふっと緩めて微笑《ほほえ》む。私の頭をぽんと優しく叩《たた》いた。

「どうせ『考えておく』って言うんだろうけど、考えておいてよ。オレは傷つく千歳ちゃんを見たくない」

その口ぶりと仕草は大海イコール弟の方程式から外れていて、それに少し腹が立って私は大海の髪をぐしゃぐしゃと撫《な》でまわす。

「うわ、何すんだよ」

「仕返し。大海のくせに生意気だ」

「何それー！　もーー！」

誤魔化《ごまか》すように笑っているけれど大海の言葉はしっかりと頭に残っている。終わらせる方法。これ以上傷つかないために、気持ちに整理をつける。それを理解していても、いざ踏み出せないのは勇気がないからだ。

拓海には華さんがいる、だから玉砕する未来しか待っていないのだ。だめだとわかっていて飛びこむのは、とても勇気がいる。

アイスキャンディを買って戻ると、石階段の中腹《ちゅうふく》で拓海と華さんが座っていた。

「……あ」

少し遠くからでもわかるふたりの姿。横並びになって、楽しそうに何かを喋《しゃべ》っている。遠くを指さしているから島の話をしているのかもしれない。

懐《なつ》かしの場所に拓海がいて――それだけで簡単に蘇《よみがえ》る。私を隠すように一段前に座っていたこと、その気遣いをくだらないと笑っていたけれど、彼に守られている気がして本当は嬉しかったこと。

その楽しかった思い出に華さんが踏みこんでいく。割り切ろうとしても、苦しさが増す。大海の話を聞いたばかりだから余計に、自分が傷ついているのだとわかった。石階段には思い出がたくさんある。私の聖域だった。華さんが踏みこんだ今になって認識する。たとえ拓海に彼女ができたとしても、この場所だけは守らないといけなかった。

唇《くちびる》を噛《か》んで、深く目を閉じて。平静を装《よそお》わなければ、大海が心配するから。

「あ、ふたりが戻ってきた」

私達を見つけた華さんが言った。大海がぶんぶんと手を振って答える。

「たっだいまー！　アイスキャンディ買ってきたよ」

「随分遅かったな、溶けてねーかそれ」

「なんだよ、気を遣ってふたりにしてやったのにさー。ねえ千歳ちゃ――千歳ちゃん？」

振り返った大海に声をかけられてはっとする。気を抜けば今にも泣いてしまいそうで。かぶりを振ってから、笑う。口周りの筋肉は強張《こわば》ってあまり動いてくれなかった。

「ほら、早く食べよう。華さんは何味がいい？」

「じゃあ……レモンかなあ」

「はいレモン味ね。拓海はこれでしょ」

黙っている拓海にソーダ味を渡す。すると拓海は私の顔をじっと見つめたあと、アイスキャンディを受けとって「どうも」と小さくお礼を言った。

そのやりとりが不思議《ふしぎ》に見えたのだろう、華さんが首を傾《かし》げた。

「たっくんはその味なんだ?」

するとと拓海はじっとアイスキャンディを眺めて、それから目を伏せた。

「ああ。これが、落ち着く」

私と大海は上段に座り、私達の前に拓海と華さんが座っている。自然な組みあわせといえばそうだけど、視界にふたりが入るのは不思議《ふしぎ》だ。せっかくのグレープ味だって味がわからなくなるぐらい、頭がぼうっとしてしまう。

拓海はこの場面でもソーダ味のアイスキャンディを食べている。それには私が嫌いな味だからという理由があるけれど、彼の隣に座るのは恋人。その華さんは彼がソーダ味を選ぶ理由に私が関係することを知らない。

華さんは楽しそうに拓海に話しかけていて、その会話が聞こえてくる。

「みんな、こうやって過ごしてたんだね」

「まあな」

「いいなあ。わたしもこの島に生まれたかった。そしたらみんなともっと長く一緒にいられたのに」

華さんもこの島にいたら、私と拓海の関係は違っていたのだろうか。それなら最初からいてくれたらよかった。そのほうがとっくに諦めもついていたかもしれない。

私が心の中でぼやいていることを知らず、華さんは遠くの景色を指さした。

「ここから見えるのって、野球のグラウンド?」

「ああ。平日は学校の野球部、土日はリトルリーグとか草野球チームが使ってる」

「たっくんも、使ってた?」

「おう」

「そっか。ここからだと誰かがいるの見えるね――うん、グラウンドが見えるなんてこはいいところ。わたし、この場所が好きだな!」

俯《うつむ》く。昔の私と重なってしまうから。

私だって、この場所が好きだ。

学校が終わってから石階段に行って、野球の練習をしている拓海を見ているのが好きだった。土日もリトルリーグの練習をここから眺めていた。どれが拓海かまではわからなくても、そこにいることがわかっているから、この特等席が好きだった。練習終わりに拓海が息を切らせてやってくる、その一瞬までが大事だった。

心の中にあるものは似ていても、口に出せない私とそれを語ることができる華さん。

それが私の小さな頃からのお気に入りであっても、言葉にするのは彼女だ。

私もこの場所で野球部の練習を眺めるのが好きだったのに、二番煎《せん》じになってしまうようで言えなくなる。少しずつ大事なものが削り取られていく感覚だ。

やっぱり、ここに来なければよかった。膝を抱えて顔を埋《うず》める。今にも叫びたくなるぐらい悔しくて、でもその叫びに適した言葉が見つからない切なさ。傷が増えていく、抉《えぐ》られていく。両目は潤《うる》んでいて、涙腺《るいせん》が壊れてしまわないように気を張るのでせいいっぱいだった。

「千歳ちゃん、どうしたの?」

大海に問われて、私は膝に顔を埋《うず》めたまま答える。

「疲れた。お腹いっぱいで眠い」

「あはは。そうだよね、バーベキューのあとだし——寒くなってきたし帰ろっか」

私の様子から察したらしく、大海が拓海と華さんに声をかけた。

「兄貴。華さん送りにいこう」

「千歳は?」

「疲れたからここで休んでくって。ほら、早く行こう」

華さんは私のことを心配して「大丈夫?」とか「またね」とか言っていたけれど、返事ができる余裕はなくて。三人分の足音が遠ざかっていくまで私は膝を抱えたまま。

みんなが遠くに行ってからようやく顔を上げる。情けないことに、私は泣いてしまって、太腿《ふともも》にぽたぽたと涙の跡が残っていた。

目尻を拭《ぬぐ》って、遠くのグラウンドを見る。子ども達が集まって野球をしているのは懐《なつ》かしい風景だと思いながら、けれどこれ以上見ることができず目を逸《そ》らす。

告白していればよかった。私も拓海の隣に座りたかった。後悔ばかりが浮かぶ。今更言ったところで私は二番目、隣はもう埋まっている。

バーベキューは楽しかったけれど、終われば残るのは傷の痛みだけ。わかっていながら参加したくせに、階段に座る拓海と華さんの姿は頭に焼きついて離れてくれない。傷ついたところで誰かが褒《ほ》めてくれることも、助けにきてくれることもない。拓海に幸せでいてほしいと願う気持ちはあるけれど、この痛みは苦しくてたまらない。

泣いたまま家に帰れば母を心配させてしまう。華さんを送りにいくまでまだ時間がかかるだろうし、もう少しここで休んでそれから家に帰ろう。

そしてもう一度膝を抱えたときだった。

「千歳！」

階段の下、誰かが私の名前を呼んだ。

その声、まさか。

だって、華さんを送りにいったはず。おそるおそる顔を上げてみると拓海がいた。

「な、なんで……」

華さんを置いて戻ってくるなんて何を考えているのか。拓海は走ってきたらしく、肩が苦しそうに上下していた。

ああ、そういうところが。

遠ざけようとしても近づいてきてしまうところに夢を見てしまう。

「華さんは？　どうして戻ってきたの」

「大海に頼んだ」

「ばかじゃないの……華さんはあんたに送ってほしかったんでしょ」

「千歳が、泣きそうな顔をしてたから」

この男は優しいから期待してしまう。泣きそうだからって戻ってきてくれた拓海の中に、実は私への好意があるのではないかと探ってしまう。だから傷が深くなっていく。

望みはないってわかっているのに、諦められない。

期待と疲労。期待したり悲しくなったりと変わる心に疲れていて、それならば終わらせてしまいたい。

私達の間には数段ほどの距離。けれどこれ以上、近づいてはいけないと思った。

「待って。言いたいことがある」

拓海の足が止まった。

「どうして約束を忘れたの。私は、あんたが戻ってくるのを待ってたのに」

『約束なんて忘れた』『周囲に流されていただけ』『嘉川千歳に興味ない』――そう言って、浅はかな期待を打ち砕いてほしい。中途半端《ちゅうとはんぱ》で諦められないから、断ち切るための言葉が欲しかった。

「嘉川家も鹿島家も私達が一緒になると期待していたから、周囲に流されただけだった？　それとも子どもの頃の話だから忘れてしまった？」

「……っ、それ、は」

「私は忘れられない。拓海に会うたび、追いかけてくるたび、約束が叶うかもしれないって期待しちゃう。だから、約束を無効にするならはっきり言って」

もっと言いたいことはあるのにうまく言葉にならない。感情は溢《あふ》れそうになって喉《のど》に引っかかる。絞り出した声は掠《かす》れていた。

「もう楽にさせて。これ以上苦しいのは嫌」

じり、と地面を踏みしめる音。空いたままだった私達の距離が一歩、詰まる。拓海はなぜか悲しそうに、私を見つめていた。

「……約束はちゃんと覚えてる」

「それならどうして、華さんと一緒に帰ってきたの」

「それは………悪かった」

約束を覚えているのに、どうして隣にいるのは私じゃないの。聞きたいのは謝罪じゃない。突き放す一言が欲しいだけ。

この気持ちに決着をつける。終わらせる。短く息を吸いこんで、言った。

「私は拓海のことが好きだよ。周りが騒《さわ》がなくても約束がなくても、あんたのことが好きになってた」

瞬間《しゅんかん》、拓海の目が見開かれて、体の動きが止まった。わずかな揺れも失われ、そこだけ時間が止まったみたいに。

拓海には彼女がいるのだから、この告白は失敗する。気持ちを終わらせる告白だと覚悟していたくせに、断られる瞬間《しゅんかん》が目の前にくると怖くてたまらない。心が潰れてしまいそうだ。好きな人に正面から拒絶されることがこんなにも苦しいなんて。

その間、拓海は微動だにせず、唇《くちびる》を真一文字に引き結んでいた。

その無言に耐えきれず、私はため息を吐いて立ち上がる。

「……変なこと言ってごめん」

告白してしまった興奮と戸惑《とまど》いと、あらゆる感情がごちゃまぜになって泣きだしてしまいそうだったから、背を向けて階段を上る。

けれど、そのまま家に逃げてしまおうと数歩踏み出したところで、手を強く掴《つか》まれた。

「千歳！」

振り返れば、私達の距離が詰まっていた。視界に入るのは拓海と美岸利島の景色と石階段。好きなものだけが視界に詰めこまれている。

こんな風に引きとめるなんて反則だ。やっぱり期待してしまう。

焦った様子の拓海は、急《せ》いた声で言葉を紡《つむ》ぐ。早口でまくし立てる様は、感情が溢《あふ》れて止められないと示しているようだった。

「俺だって周りだの子どもの頃だの関係なかった。俺は――」

拓海は何かを言いかけたけれど、止まった。

きん、と遠くで甲高い音がした。石階段では珍しくない、グラウンドから聞こえる打球音。子ども達が野球をしていたから、誰かがホームランを打ったのかもしれない。

心地よい金属音は私達に沁《し》みこむ。頭の奥で何重にも繰り返し、鳴る。

その音をきっかけに、拓海は何かに気づいた顔をした。手に込められていた力が抜けていく。

離れた手、私達を繋《つな》いでいたものはなくなり、拓海は力を失ったように沈んだ声で短く言った。

「悪い……彼女がいるから」

心が深いところに沈んでいく気がした。

打ちあがったボールがずっと宙を飛んでいられたらいいのに、必ずどこかに落ちてしまうんだ。

「わかってた、から」

声が震える。冷や水を浴《あ》びたように頭は冷えて、でも目の奥がひりひりと熱い。顔を上げることはできなかった。涙で汚れた顔を彼に見られてしまうから。

「帰るね」

背を向けて歩きだす。拓海が追いかけてくる気配はなく、足音も聞こえなかったからその場に立ちつくしているのかもしれない。その場を離れたい一心で、拓海の表情を確かめるために振り返ることはできなかった。

家に帰ってただいまも告げずに自室に引きこもる。部屋に放り投げたスマートフォンの画面がぴかぴか光っているのがわかっても、手にする気になれなかった。

そうしてどれくらい経《た》ったのだろう。母が控えめなノック音と共に「入ってもいい？」と聞いてきた。

部屋に入っても母は何があったのかと聞かない。察しているのかそれとも見守っているのか。ちらりと横目で窺《うかが》うと、母も泣きそうな顔をしている。

「さっき大海くんが来てたわよ。連絡がつかないからって心配してた」

スマートフォンを手に取ると、ぴかぴか光っていた着信はすべて大海からだった。画面をスクロールしてその名前を確かめ、来るわけないとわかっているのに拓海の名前を探してしまう。

フラれたばかりなのに拓海を探す癖《くせ》が抜けない。そんな自分が滑稽《こっけい》だ。

近くにいるから、探してしまう。傷つくとわかっていても拓海の姿を探してしまう。

簡単に終わらせられるような恋だったら、泣いたりなんてしなかった。こんなに苦しくならなかった。でもこのままではだめだから、終わらせる。

私は母と向きあい、その決意を告げた。

「私、島を出る」

それはいざ口にしてみれば重たくて、淋《さみ》しさだらけの言葉だった。

＊＊＊

数日後の夕方。学校が終わって制服姿の大海がコンビニにやってきた。今日は店長が町内会の会合に出かけてしまうので、私と大海でラストまで勤務予定だ。

バーベキューのあと『大丈夫だから心配しないで』と連絡は入れていたけれど、ちゃんと顔を合わせてはいなかったので、私の顔を見るなり大海は駆け寄ってきた。

「千歳ちゃーん！」

「心配かけてごめんね」

「あの日何かあった？　兄貴が戻っちゃったから気になっててさー」

「拓海が石階段に戻ってきて、いろいろあって告白した」

「そっか……言ったんだ……」

「ちゃんとフラれてきた。大海が言ってくれたように、これで終わらせる」

しゅんと沈んだ顔をしてしまった大海に苦笑して、大丈夫だよと宥《なだ》めるように肩をぽんぽんと優しく叩《たた》く。

そしてもうひとつの決意を告げた。すでに店長には話していて、大海には直接言いたかったので今日まで黙っていた。

「私、この島を出ようと思う」

店長は「千歳ちゃんがいないと淋《さみ》しいよ」と言っていたけれど、大海の反応は違っていてうんうんと何度も頷《うなず》いていた。

「オレもそのほうがいいと思う。いつ出ていくの？」

「ここにいたらつらくなるだけだから、早く出ていこうと思って来月の頭。しばらくは叔母さんのところで働かせてもらって、やりたいことを探してみる」

「千歳ちゃん、趣味が兄貴のおっかけだったもんなあ。心機一転すれば、何か見つかるかもしれないよ——で、叔母さんって何の仕事してるんだっけ？　確か接客業だよね」

「スナック経営だよ。札幌の繁華街」

「……ん？」

この島にもスナックはあって、その店に行った大人達はだいたい酔っぱらって出てくる。それに大海はいい印象を持っていなかったのだろう。「んー」と低いうなり声をあげて考えこみ、意を決したように「よし」と叫んだ。

「じゃ、オレも島を出るよ」

「はあ⁉　何言ってんの、あんた高校生でしょ？」

「千歳ちゃんが心配だから仕方ないなー……ってのは冗談で、実はけっこう前から決めてたことなんだ」

そう言って、大海はスクールバッグから参考書を取りだした。使いこまれてくたびれた参考書には北海道本島の大学名がでかでかと書いてある。

「島に大学はないからさ、本島に行くしかないじゃん？　千歳ちゃんがいるなら本気出して頑張るよ」

「大海がそんなことを考えていたなんて、知らなかった」

「誰にも言ってなかったからね。つらくなるのがわかってたから、見えない場所にいたほうがいいかなって準備してただけ」

「見えない場所？　何それ」

「ううん、こっちの話。千歳ちゃんも応援してね。先に本島でオレのこと待ってて！」

高校生のうちからコンビニで働いて、そのお給料は何に使っているのだろうと不思議《ふしぎ》だったけれど、その理由はきっとこれだ。大海は私よりもずっと前から、未来のことを考えて、準備していたのだ。

「……大海は、すごいね。私よりもずっと大人だ」

「これ、オレが褒《ほ》められちゃう感じ？　嬉しいなあ、千歳ちゃん何か奢《おご》ってよ」

「今なら感動で財布がゆるゆるだからご馳走したくなっちゃう。ガムでいい？」

レジ前に並べていたブラックミントのガムを手に取ると、大海はがっくりと肩を落として「安いなあ……」とぼやいていた。

島を出るぎりぎりの日までコンビニで働くことになっているけれど、そのときはあっという間に過ぎてしまうのだろう。

慣れ親しんだコンビニを見渡し、ここにも簡単に来られなくなるのかと考えていたときに、大海が「そういえば」と言いだした。

「読み終わったから返そうと思ってたんだ」

言われてみれば大海に本を貸していたような。思いだすのに時間がかかっていることを見抜いた大海は苦笑する。カバンから取りだしたのは、青春恋愛の本。

「千歳ちゃんから借りてたでしょ、泣ける恋愛ものの小説」

「そういえば貸してた。どうだった、泣けた？」

困ったように大海は首を傾《かし》げた。その様子から泣けなかったのかと予想するも、出てきた言葉は異なるものだった。

「泣いた……つらかった、かも。登場人物の周辺、脇役キャラっていうのかな。いろいろダブっちゃってさー」

「本に出てくる主役達、拓海と華さんみたいだもんね。私と大海が脇役」

「『この本』ではね……とにかく千歳ちゃんはこの本読まないほうがいいかも」

どういう意味かと聞き返そうとするも、それより早く大海が顔を上げた。「ところで」と切りだして、話題は別のものに。

「華さんの話、聞いた？」

「え、何も聞いてないけど」

「体調、悪いんだって。しばらくコンビニに来ないかもよー」

バーベキューしたり石階段に寄ったりと外に出ていたので、華さんに無理をさせてしまったのかもしれない。

「そっか、残念だね」

「淋《さみ》しいよねー。じゃあ、オレ着替えてくるー！　今日はラストまでおっしごとー！」

言葉と裏腹にどこか安堵《あんど》していたのは、拓海に想いを告げた罪悪感があって、まだ華さんに会いたくなかったから。今はもう少し、距離を空けていたい。

閉店作業を終えて、大海とふたりでコンビニを出たときだった。コンビニ裏に止めてある自転車に向かおうとすると、そこに私達以外の人影がある。波音が聞こえる中、その人物は私達を待っていた。

私も大海もその人物が誰であるかわかっていたけれど、先に反応したのは大海だった。

柔《やわ》らかな態度は一瞬にしてひりつく。大海の目つきが鋭くなった。

「兄貴……ここで何してんの」

「話があって、千歳を待ってた」

その唇《くちびる》から『千歳』と紡《つむ》がれた瞬間《しゅんかん》、私のすぐ隣で風が吹いた。

その風は大海が駆け出した合図で、彼は一直線に拓海の元へと向かう。止める間もなく、そして——波音よりもはっきりとした、鈍《にぶ》い音が響いた。

「いい加減にしろよ、クソ兄貴！」

大海が拓海を殴ったのだと状況を理解する頃には、座りこんだ拓海の前に大海が立っていた。大海は拓海を冷ややかに見下ろし、今度は襟《えり》を掴《つか》んだ。

「華さんがいるんだろ。千歳ちゃんに声かけるのやめろよ」

「………」

「千歳ちゃんに構って、千歳ちゃんを苦しめて、兄貴は何がしたいんだ」

それでも拓海は何も言わず、業《ごう》を煮やした大海は再び手を振りあげる——目の前のその光景は私が知る、仲のいい鹿島兄弟じゃない。

「彼女がいるのに千歳ちゃんを弄《もてあそ》んで、その気がないのにあるふりをして。何なんだよ。兄貴はどうして、千歳ちゃんに近づこうとするんだよ」

大海の叫びは静かな夜に響く。私が抱えていて、でも言えなかったことを、大海が容《よう》赦《しゃ》なく声に出してぶつけていった。その瞳は怒気を孕《はら》んで、なのに泣いているように見えてしまった。涙はないけれど、大海の心が泣いている気がした。きっと私の心が泣いているから、大海が代わりに気持ちをぶつけてくれている。

「千歳ちゃんを選ばなかったのは兄貴だろ！」

これらの言葉に対しても、拓海は無言を貫《つらぬ》いた。大海に殴られても抵抗すらしない。

私達はみんな仲がよかったのに。どうしてこうなっているのだろう。

拓海は話があると言っていた。表情変化の乏《とぼ》しい拓海だけど、いつもよりも沈んだ顔をしていたと思う。まるで、殴られることを覚悟してここに来ているようでもあった。

だから、その口から何が語られるのか知りたくなった。

「……大海、待って」

「やだ。千歳ちゃんは止めないで」

「拓海は、私に話があるんでしょ？　どんな話なのか、聞きたい」

「クソ兄貴の話なんか聞いたって、時間の無駄だよ。もう帰ろう」

大海がこちらに寄ってくる。私を引きずってでも帰ろうとしていたのだろう。

それを遮《さえぎ》ったのは拓海の声だった。紡《つむ》がれた声は悲壮感に満ちている。

「前に、甲子園で何かあったのかって聞いただろ。そのこと、ちゃんと話しにきた」

視線は拓海に集う。大海は拓海を睨《にら》みつけていたけれど、話を止めることはしなかった。おそらくは大海も、なぜ拓海が甲子園の話をしないのか疑問に思っていたのだろう。

街灯はオレンジ色のスポットライトのようにヒーローを照らす。その光の下で、彼は静かに語りだした。

「高校三年生の地方予選のとき、俺達野球部は華の見舞いに行った。その頃の華は、再発して二回目の抗がん剤治療をしているときで体調はあまりよくなかった」

拓海はため息を吐いたあと、額に手を当てた。あまりいい話ではないのかもしれないと予感したとき、ようやく拓海が続きを語った。

「そこで華と、ある約束をした。叶えば元気になれる気がするって言ってたんだ、だからその約束を……絶対に叶えなきゃいけないと思った」

華さんの話によれば、ふたりが付きあうことになったのは甲子園初戦の日だ。つまりこの約束を交わしたとき、ふたりはまだ付きあっていない。

「その約束って？」

「甲子園に出場して、ホームランを打つこと」

「……あ」

　その結末を、私達は知っている。

　夏の日。地方予選で大活躍していたエースは、甲子園では一本も、ヒットすら打てず。初戦は難なく勝てると予想されていた神奈川代表は、エースの不発により敗退している。

「華との約束は叶えられなかった。だから、俺は……」

「その責任から、華さんと付きあうことにした、って言うつもり？」

　大海の質問に拓海は答えなかった。頷《うなず》くことも首を振ることもせず項垂《うなだ》れている。

　もしも大海の言う通りなら拓海の気持ちはどこにあるのだろう。そう考えたときには大海が動いていた。もう一度拓海に掴《つか》みかかる。

「ふざけんなよ！　罪悪感で付きあったって言ってるようなもんじゃん」

「………」

「華さんの気持ちも、ずっと待ってた千歳ちゃんの気持ちも踏みにじって、最低だろ！」

　華さんと付きあった理由が、甲子園での約束を叶えられなかったからだとすれば、拓海の気持ちはおそらく華さんにない。ゆったりとした進度で、どこかぎこちなさのあるふたりの関係の理由が見えた気がした。

もう一度、大海が拓海の襟《えり》を掴《つか》む。己のうちに秘めた怒りを込めるように頰《ほお》を殴った。

「何とか言えよ！　いつもの格好いい兄貴ならホームランだって打てただろ！　そうしたら傷つく人なんていなかった。ぜんぶ終わらせてから島に戻ればよかったんだ」

荒い口調で詰めたところで、時間は戻らない。私達は過去には戻れないから、あの甲子園の日に戻って打つことはできない。だからいくら拓海を責めたところでどうにもならない話であって。

拓海は抵抗せず、されるがままだった。歪んだその表情は、大海に殴られた痛みではなく、別の痛みに耐えているようだった。自分の気持ちを表に出せず抱えこんで、苦しくて、困っている拓海――この顔を前にも見たことがある。あれはいつだっただろう。

まだ、引っかかるものがあった。なぜ彼は華さんと付きあうことを選んでしまったのか。拓海が語っていないことがまだある気がした。

「まだ、話していないこと、ある？」

「っ……いや。話は終わりだ」

「それ、本当に？　これ以上話すことないの？」

「…………」

話していないことがあると思うけれど、それは拓海が言ってくれなければわからない。

拓海の顔を正面からじっと見る。目を合わせてはくれなかった。

「……あんたの彼女は華さんだよ。どんな理由があったとしても。だから今の話は二度としないで。拓海が付きあった理由が罪悪感だけなら、華さんを傷つける」

拓海の話が本当で、大海の言う通り罪悪感から付きあったのだとしたら。それを華さんが知ってしまえばどれだけ傷つくのだろう。

どうか知らなければいいと願う。今の華さんが置かれている状況は、簡単に揺らいでしまいそうだから。私は短く息を吸いこんで、言った。

「この間私が変なこと言ったけど、それは忘れて。私と拓海はもう関係ないの、だから放っておいて。拓海は華さんの彼氏。華さんの生きる希望だから」

それは拓海に向けたようで、自分に向けたものでもある。拓海への気持ちはぜんぶ、終わらせる。それがみんなのための、最善の選択である気がした。

「帰ろう、大海」

私は大海の手を引いた。

早く島を出ていきたいと、そう思った。この島で拓海に会ってしまえば、終わらせることができなくなってしまう。それならばいっそ。

「見えない場所にいたほうがいい……よね」

どこかで聞いた台詞だなと思いながら、それを呟《つぶや》く。ひとりごとは爆《は》ぜるような波音に混ざって、どこかに消えた。

＊＊＊

それからはあっという間だった。拓海はコンビニに来なくなり、華さんも体調が悪いらしくしばらく顔を見ていない。

私は相変わらずコンビニで働いて、家に帰れば引っ越しに向けての準備だ。本島に渡ってから住む部屋が決まるまで、叔母の家に住まわせてもらうことになった。とはいえ荷物は徹底して減らさなければならない。毎日が片づけと掃除と荷造りだ。

気づけば、私が島を出るまで残り三日。バイト最終日。

コンビニに行くと、夏休みに入った大海と店長、その奥さんが揃《そろ》って待っていた。

「千歳ちゃん！　今までおつかれさま！」

「本当はとっても淋《さみ》しいけど……島に戻ってきたら顔出してね」

「いつ戻ってきてもいいように、千歳ちゃんが好きなアイスキャンディは切らさないでおくからな！　食いに帰ってこいよ！」

三人から激励《げきれい》の言葉をもらって、涙腺《るいせん》が緩む。泣きだしそうになって俯《うつむ》くと、奥さんが私の肩を優しく抱きしめた。

「……この島は千歳ちゃんの故郷だから。私達はいつでも待ってるよ」

「ありがとうございます」

「おいおい、しんみりするなって！　戻ってくるときはお土産よろしくな。俺への土産はバターサンドでいいぞ」

私が島を出ることを知っているのはごく一部の人だけ。店長や大海には口止めをしている。おそらくは鹿島家の両親も知っていると思うけれど、母が裏で働きかけてくれたのか拓海には言わないでくれたようだ。

こうしてひとり暮らしが決まると、私は周りの人達に恵まれていたと思う。その環境を脱するのは淋《さみ》しい。島を出たことのない私が、都会で暮らせるのだろうかと不安になったりもする。

そうして最後の仕事が始まり、お昼を過ぎた頃だった。

懐《なつ》かしい車がコンビニ駐車場に止まって、開いたドアから白いワンピースが揺れるのが見えた。久しぶりに見た彼女は、いつもよりゆっくりと歩き、そしてコンビニに入る。

「こんにちは、千歳さん」

ワンピースに帽子、マスク。バーベキューの日以来に見る華さんだった。私は控え室からパイプいすを持ってきて答える。

「久しぶり。体調が悪いって聞いたけど、よくなったの？」

「うん、それなりに――あれ、ひろくんは？」

「大海なら休憩中。何なら呼んでくるよ」

すると華さんは首を横に振った。「ひろくんは知ってるからいいの」と言って、カバンからスマートフォンを取りだす。

「あのね。千歳さんの連絡先を教えてほしいな」

「どうして？」

「だってお友達なのに連絡先を知らないのはおかしいでしょう？　メッセージだって送りたいし、電話だってしたいもの」

一瞬、私が島を出ていくからかと疑ってしまったけれど、大海も店長も華さんに話していないだろう。

動揺を呑《の》みこんで、冷静になる。

私と話すためにはコンビニに来るしかない。ここ最近外に出られなかった華さんはそのストレスを抱えていたのかもしれない。だとするなら連絡先を教えたいところだけど――私は自分のスマートフォンを握りしめて、カウンターの奥に隠した。

「今日スマホ忘れちゃった」

「えー。じゃあ夜に千歳さんのお家に連絡先聞きにいこうかな」

「あーごめん。それも無理だ。私、忙しいから」

わかりやすい嘘《うそ》かもしれないという焦りはあれど、どうしても連絡先を教えたくなかった。

島を出るなら華さんとも拓海とも連絡の取れない状態にしたかったのだ。現に拓海の連絡先はスマートフォンから消している。

「もー。千歳さんのいじわる。天邪鬼《あまのじゃく》。ひねくれ者」

「なんとでも言って。連絡先は内緒。賄賂も無駄だよ」

「いいもん。たっくんかひろくんに聞いちゃうから」

あはは、と笑って答える。大海にはあとで釘を刺しておこう。

日が空いたからか、告白のことがあっても私は普通に華さんと接することができた。むしろ今のほうがすっきりとした気持ちで彼女の前にいられるかもしれない。

彼女はいつも通り楽しそうに拓海の話をしていて、それを聞いても私の胸は痛まない。心だって苦しくならない。いい形で、私の中の感情が冷えている。

「それでねー、たっくんったら気づいてなくて、わたしがそのごみを取ってあげたの。取ってあげるって言ってようやく屈んでくれたのよ」

「拓海らしいね。頭に糸くずがついてても気づいてない、なんて」

そうしてふたりで盛り上がっていると、店長がやってきた。

「お。華ちゃん、久しぶりだね」

「はい。ご無沙汰《ぶさた》してます」

「顔色もよさそうで何より――そうだ。ふたりにいいものをあげよう」

そう言って店長は裏に引っこみ、大きな袋を抱えて戻ってきた。

その袋に入っていたのは、花火だった。手持ちに噴出型、さまざまな形の花火が入っている。

中身を確かめると、華さんはきらきらと目を輝かせた。

「いいんですか、これ？」

「もちろんこれは千歳ちゃんの――じゃなかった。まあ売れ残りみたいなものだから」

店長は『千歳ちゃんの餞別《せんべつ》』と言おうとしたのかもしれない。まずいと慌《あわ》ててそれを呑《の》みこみ、ぎこちなさはあれど誤魔化《ごまか》す。

華さんは花火を受けとってにこにこと満面の笑みだ。

「うれしい！　ねえ、花火しましょ」

「え……いや、体調は……」

「大丈夫よ。それにわたし、みんなに話したいことがあるからちょうどいいの。たっくんとひろくん呼んで花火をしましょう」

花火となれば夜なわけで。夏とはいえ夜の島は冷えこむ。

大丈夫なものかと判断に悩んでいるうちに、華さんはスマートフォンを取りだして拓海に連絡を入れていた。

その騒《さわ》ぎを聞きつけて、昼休憩で引っこんでいた大海が顔を出す。

「華さん来てたんだ――って、何その袋」

「今夜、花火をしようって華さんが提案してる」

大海は「まじで？」と言いたげに私の顔をじろじろと見ていた。拓海と華さんに会っても大丈夫なのかと疑っているのかもしれない。

気持ちを封じるから会わないと決めたものの、しかし華さんの喜び方を見ていると断れない。それに三日後には島を出るのだから。

「私は……平気」

告げると同時に、スマートフォンとにらめっこしていた華さんが「やったー！」と歓喜の声をあげた。

「たっくんも大丈夫だって！　今夜は花火ね！」

「……だそうです。大海も来る？」

大海はため息を吐いたあと「……行きます」と呟《つぶや》いた。


華さんに何かあったときすぐに動けるようにと、花火は鹿島家の前で行われることになった。住民以外は通らない砂利道なので都合がいい。

バケツやごみ袋といった花火の用意をして家を出ると、すでに三人が待っていた。

「千歳さんも来たことだしさっそく始めましょう！」

そう言って、華さんが手持ち花火を配る。お店でよく見るデザインで、今シーズン仕入れたばかりのものだ。売れ残りなんて言っていたけれどまだそんな時期ではないから、素直になれない店長の優しさだろう。

「大海、火つけて」

「ひろくん、わたしのにも」

「大海、俺にも」

「もー！　なんでオレばっかり――仕返しだ！　いけー、オレのねずみ花火！」

相変わらず大海はいじられ役で、しかし楽しそうでもあった。ねずみ花火は拓海の前に放り投げられ、くるくると地面を回る。

慌《あわ》ててよける拓海の姿と勝利の喜びを噛《か》みしめてガッツポーズを取る大海の姿に、私と華さんは笑っていた。

自分で考えていたよりもずっと普通に拓海と接することができる。拓海の顔を見ても何の感情も湧《わ》いてこない。ちゃんと終わらせることができたのだと、安心した。

花火は次々と減って、いよいよ噴出花火に移る。鹿島兄弟が設置して火をつける――それを眺めていたとき、隣の華さんが言った。

「また、こうして集まれるかな」

「できる……と思う」

「断言はしてくれないのね」

「だって華さん次第でしょ。私は、華さんに生きていてほしい」

「……うん。千歳さんは、やっぱりいい人だ」

赤、白、緑。噴き出した火花は瞬《また》く間に色を変え、消えてしまえばもう戻らない。振り返らず燃えて、どこかへ消えていく。

ここで見ている花火だって、少し経《た》てば過去のものになる。戻ることのできない思い出になってしまうのだ。

「……悔いなく素直に、生きる」

ひとりごととして呟《つぶや》いた。戻ることができないのなら悔いがないように。自分の気持ちに素直になって、生きたいと思う。

最後の花火が終わったあと、華さんが言った。

「みんなに話したいことがあるの」

三人の視線が華さんに向けられる。おそらくは拓海も、聞いていなかったのだろう。大きなその体が、緊張して強張《こわば》っていた。

華さんは三人を順番に見回し——それから大きく息を吸いこんだ。深呼吸のような間をひとつ置いて、続ける。

「わたし、頑張って生きてみようと思います」

注視されることに恥じらっているらしく、華さんは照れくさそうに笑っていた。

「千歳さんにね、死んじゃったら残されたたっくんはどうするのって聞かれて、ずっと考えていたの。わたし、もっとたっくんと一緒にいたい。だから骨髄《こつずい》移植の手術を受ける。いつになるかわからないけれど、生きるためにもう一度頑張ってみる」

拓海が息を呑《の》む音が聞こえた。それをかき消すように大海が叫ぶ。

「うんうん！　応援するよ。華さん、頑張れー！」

「だから島を出て本州に戻るね。ちゃんと治して戻ってくるから、そのときはまた四人で花火をしましょう」

三日後に島を出るから、それが叶うことはないけれど。華さんや拓海に気づかれぬよう私は微笑《ほほえ》んで嘘《うそ》を吐く。

「うん。また四人で、集まろう」

「だから千歳さんの連絡先を知りたかったのに。もうっ、ひねくれ者なんだから」

「ごめんごめん。次に会ったときね」

「絶対よ？　わたし、千歳さんの連絡先を聞くまで諦めないから」

拓海の反応が気になって、様子を窺《うかが》う。

オレンジの街灯に照らされた拓海の表情は冷えていて、無という言葉がよく似あう。彼が何を考えているのかは読めなかった。そんな拓海に、華さんが話しかける。

「ということで、わたし、生きようと思います。いつも生きろと言ってくれてありがとう。たっくんの言葉に励まされてきたよ」

「おう」

「ねえ、たっくんはついてきてくれる？」

拓海の表情は最後まで変わらない。唇《くちびる》だけが、滑《なめ》らかに動いていた。

「わかった。ついていくよ」

＊＊＊

島を出るまであと二日となった夜。

階下からインターホンの音が聞こえて、母が慌《あわ》ただしく玄関のほうへ駆けていった。

回覧板とか町内会といったものだろうと無視を決めこんでいたけれど、次に母がとった行動は、私を呼ぶことだった。

コンビニに忘れ物をしたのか、それとも大海か。どちらにしても夜遅いし、事前にスマホに連絡が入りそうだけど。

違和感《いわかん》を抱きながら玄関へ向かうと、そこにいたのは予想外の人物だった。

「え？　なんで華さんが？」

「突然ごめんね」

「夜に出歩いてご両親に怒られない？　って、どうして私の家を知って――」

「えへへ。ひろくんから聞いちゃった」

華さんはピースサインを作って目をにやりと細めた。

大海め、何てことをしてくれた。頭を抱えているとその様子を眺めていた母が言う。

「玄関じゃ寒いでしょう。どうぞ上がって――ほら、千歳も！　自分の部屋に案内！」

ぐいぐいと背中を押されて嫌でも階段を上ってしまう。そんなやりとりを見ていた華さんはくすくすと笑っていた。

部屋に入ると華さんは「千歳さんのお部屋に来てみたかったの」と呑気《のんき》なことを言って、じろじろと見渡していた。

特別変わったものはなく、今時の女の子らしいお洒落《しゃれ》な部屋でもない。家が古い造りなのもあって床は畳、クローゼットはなくて押し入れ。幼い頃の落書きをそのまま残した穴あき襖《ふすま》もある。あまり人を招きたくない和室だ。明日の昼頃に業者がやってきて荷物を引き取るので、あちこちに段ボールの山ができている。

「なんだか想像と違うかも。この部屋、段ボールだらけね」

「どんな部屋をイメージしてたのかわからないけど、掃除してただけだよ」

「……ふうん」

特別親しい友達を作らずに学生時代を過ごしてきたので、友達を家に招くという経験がない。幼馴染《おさななじみ》の拓海や大海は来たことがあるけれどそれは別の話だ。

こういうときはお茶を用意したほうがいいのかと立ち上がるも、華さんが引きとめた。

「千歳さん、待って」

「お茶を持ってくるだけだよ」

「長居するつもりはないの。話が終わったら帰るから」

私はお茶の用意を諦めてベッドに腰かける。すぐに華さんが切りだした。

「話はね——たっくんのことなの」

「まーた拓海の話か。惚気話《のろけ》、それとも喧嘩した？」

「違うの。ちゃんと話しておかないとフェアじゃないなと思って」

フェアってどういう意味だと身構えたけれど、華さんはコンビニのときと違って、ひどく真剣な顔をしていた。その様子に気圧《けお》されて、私は黙る。

「本当はね、千歳さんのことを知っていたの」

「私のこと？　どうして」

「一度告白してフラれた、って話を覚えてる？　たっくんが『故郷で待ってるやつがいる』って言っていたとき、たっくんはその子のことが好きなんだってわかった」

故郷で待つやつ、その単語が華さんの口から出てくることが怖かった。

不安で心臓はばくばくと急《せ》いていたけれど、気づかれぬよう唇《くちびる》を噛《か》む。平静を装《よそお》うことに必死だった。その間に華さんは続ける。

「たっくんはその子のことをよく話していたの。家が近くて、趣味も興味あるものも異なっていて、ひねくれているけれど一緒にいたら安心する幼馴染《おさななじみ》さん。その子との大切な約束があるから、卒業したら島に帰るって言ってた」

私だ、と心の中で呟《つぶや》く。けれど今更それを知ったところで過去が戻るわけではなくて――唇《くちびる》を噛《か》みしめていると、華さんは私を見つめて言った。

「その幼馴染《おさななじみ》は誰なのか、接していてわかったの――千歳さんね？」

逃げるように視線を逸《そ》らす。それでも華さんがこちらを見ていることがびりびりと伝わる。狭い部屋の空気がしんと張り詰めて、私を刺すようだった。

「……違うよ」

「そうかしら。わたしは千歳さんのことだと思う。だから話をしにきてる」

私はどう答えればいいかわからず、華さんもまた真剣な表情でこちらをじっと見つめている。しばらく無言が続いて、再び華さんが口を開いた。

「ねえ。わたしとたっくんがした甲子園の約束って、聞いたことある？」

「『甲子園でホームランを打てたら元気になれる気がする』って約束でしょ」

「少し違う。正しくは『甲子園でホームランを打ったら、生きられる気がする』なの」

生きられる気がする。それは生死を懸《か》ける約束だ。そんなの拓海だったら——私は息を呑《の》んでいた。浮かんだ言葉は華さんに奪われ、彼女の声で語られる。

「あのたっくんなら断れないよね。人の命が関わる約束だもの。だからたっくんは『わかった』って答えてくれたけど。でも結果は……」

「拓海は……打てなかった」

「ふふ。見てないって言ってたけれど、やっぱり千歳さんも試合を見てたのね」

何度も見た試合が蘇《よみがえ》る。地方大会で活躍していたエースが不発に終わった、切ない試合。あの日、呆然と空を見上げていた拓海の心中にあったのは、この約束だったのか。

「わたしは甲子園に行っていたの。長くはいられなかったけれど、試合後のみんなに会うことはできた。野球部員とマネージャーのみんなが集まっている中で、たっくんはわたしに『約束を守れなくてごめん』って謝ってくれたの。でもわたしは——チャンスだと思った」

そこで華さんは俯《うつむ》いた。その手をかすかに震わせて、顔を覆《おお》う。

「絶対に振り向いてくれないこの人を、今なら落とせる。たっくんが優しい人なのはわかっていたから、周りにみんながいて約束を守れなかったこの状況なら、わたしのわがままが叶うかもしれない」

想像は、簡単にできた。

小学生のときの演劇で、役を代わってしまったことがあった。周りに人がいる状況で断りきれず、本心を置いて要求を呑《の》んでしまったぐらいなのだ。ホームランを打てなかったのに、華さんの頼みをみんなの前で断るなんて残酷《ざんこく》なこと、拓海にできるのか。きっとできない。自分の気持ちを出せずに抱えこんで、苦しそうに、困ったように俯《うつむ》くんだ。そんな姿が容易に思い浮かぶ。

私の想像を肯定するように、静かに華さんが言う。

「だから、甲子園の約束を守れなかった代わりに違う約束をお願いをしたの」

「まさか、それは——」

「『わたしが死ぬまでの間、付きあってほしい』」

拓海は、何て答えたかったのだろう。

チームメイトがいる場、みなの視線が集まる中で判断を問われるのだ。正面には重い病を患《わずら》った元マネージャーがいて、背中には甲子園初戦で一本も打てず敗北した責任がのしかかる。物語になりそうなドラマチックな舞台と役者が揃《そろ》い、望んでいなくてもスポットライトが当たる。

そんな中で『死ぬまでの間』なんて生死を懸《か》けた断りにくい告白をされ、断れるのだろうか。あの優しくて不器用な拓海ならできない。

私は立ち上がっていた。その場に置かれた拓海の気持ちを考えようとした結果、黙っているなどできなかった。

「追いこんで、断れないようにしてって、そんなのずるい」

「……そうね、千歳さんなら、そう言うよね」

「相手の気持ちを無視した約束なんて、そんなの拓海が……」

拓海が可哀想だと言ってしまいそうで、でもそれは呑《の》みこんだ。項垂《うなだ》れた華さんの切なげな表情に、彼女なりの後悔があると気づいたからだ。

「ごめんね」

「……華さんが謝るべきは拓海でしょ」

「うん。でも千歳さんにも謝らなきゃいけないと思ったから。ずるいことをして、本当にごめんなさい」

涙腺《るいせん》が壊れて、私の瞳からぼたぼたと涙が落ちる。

重い病に侵された子と甲子園の約束をするも叶えられず、責任を負うしかない場に追いつめられて付きあった。その結果、拓海はあれほど好きだった野球を遠ざけている。島に戻ってきてから彼が野球について語ったことはない。それは、感情や気持ちを押し殺して責任を選んだことを示すようだった。

「本当はこの話をしないほうがいいと思ってた。これを知らなければ、わたしとたっくんは普通の恋人に見える。だからひろくんにも千歳さんにも話すつもりはなかった」

「どうして教えてくれたの」

「病気のことがわかったときに、やりたいことがたくさんあったのにできなくなって後悔したの。素直になって、やりたいことを貫《つらぬ》けばよかった。だからもう我慢しない、わがままになる……わたしって自分のことばかりで、周囲のことを考えていなかったのね」

華さんがため息を吐く。自らの手のひらをぼんやりと眺めながら続けた。

「死までの時間制限によって付きあえているのだから、わたしが死んだらたっくんは解放されるって思ってた。でも、たっくんの幸せを考えて、『拓海のために生きろ』と言った千歳さんの言葉で気づいたの」

言ったのはバーベキューの日だ。ふたりがどんな経緯を経て付きあったのか知らず、私は華さんに生きていてほしいと告げている。その言葉は華さんに響いたようだ。

「たっくんが好きなのに、彼の幸せについて考えたことなかった。好きだからこそ生きて、一緒にいたい——だからこの話をしにきたの。千歳さんに宣戦布告をするため」

「宣戦布告？　どうして私に……」

「たっくんに好きな人がいることは知っていたけれど、千歳さんの気持ちはずっとわからなかった。だけどバーベキューの日、千歳さんがたっくんを見つめる瞳やアイスを渡したときの空気で、千歳さんもたっくんが好きなのかもしれない。そう思ったの」

私は頷《うなず》きも否定もせず、じっとその話を聞いていた。華さんは正面から私に向きあっていた。

「ずるいことをして手に入れたけれど後悔しない。してしまったことは消えないもの。だから付きあってよかったと言ってもらえるようになりたい。そのためにわたしは生きる。生きて、ちゃんとたっくんを振り向かせる」

立ち上がったまま動けないでいた私は、詰めていた息を吐いて腰を下ろす。

素直になるべきだと華さんが言っていた。彼女も素直に気持ちを打ち明けている。だからもう、隠さない。

「確かに私は拓海のことが好きだった。でも、これは終わったことなの。ふたりがどんな経緯で付きあったとしても、拓海の彼女が華さんであることは変わらない。だから私は華さんのライバルじゃないよ。宣戦布告なんて必要ない」

告白をして断られている。だから私の好意は終わりを迎えた。

今更ふたりの真実を知ったところで過去の話だ。

　甲子園初戦の日に戻って拓海を救いだすことなんてできない。終わってしまった私と拓海の関係が繋《つな》がることはないのだ。

「ふたりが、幸せになるのを祈ってる。ちゃんと拓海を振り向かせて、幸せに生きて」

　去年の夏。読書感想文で選んだ本は、病に侵された女の子と、それを支える男の子のお話だった。私は脇役。スポットライトが当たることはない。

　華さんはしばらく黙りこんで、それから「わかった」と頷《うなず》いた。

「ごめんね。忙しいときにお邪魔しちゃって」

「……ううん。話してくれてありがとう」

　そう言うと華さんは微笑《ほほえ》んだ。

「また、会おうね」

　私は手をあげて応える。部屋を出ていく華さんを見送る気力はなかった。

　次に会うときは連絡先を交換しようと話していたけれど、お互いにそのことには触れなかった。私のスマートフォンは段ボールの上に放置されたまま。

　華さんが帰ったあと、録画していた甲子園の試合を再生した。

　知らずに見ていた頃は拓海の表情が硬いと思っていたけれど、その理由がわかった今は胸が苦しい。打席が回ってバッターボックスに立つ拓海が映るたび、その表情に焦りが浮かんでいる気がした。

最後まで、見ることはできなかった。涙が目を覆《おお》っているから、拓海の姿が滲《にじ》んで見えない。あれほど夢見た甲子園の舞台は、彼を追いつめるものになってしまった。楽しそうに野球をしていた拓海はいない。

もっと早く知っていたらと悔やむ気持ちはあるけれど、その日私は美岸利島にいたのだ。手を差し伸べることなどできなかった。

結局、録画していたデータは消した。

私はこうやって簡単に消せるけれど、拓海はそうじゃない。楔《くさび》が埋めこまれたように、きっと消えない。だからあんなに好きだった野球を遠ざけてしまった。

だけどひとつだけ。甲子園の映像から伝わらないものがあった。

「あんたの気持ちは、どこにあるの」

データ消去中と表示されたモニターに呟《つぶや》くも、それが喋《しゃべ》って答えてくれることはない。

問いかけはひとりぼっちの淋《さみ》しい部屋に溶けて消えていく。

拓海の行動、華さんとの約束。それを知っても、拓海の気持ちだけはわからない。

知りたいけれど、知ってはいけない気もする。

私が島を出るのはもうすぐだから。

＊＊＊

引っ越し前日の夜。階下に行くと、外出の装《よそお》いをした両親がいた。

「どこ行くの？」

「町内会の懇親会があるのよ。行ってくるから、戸締まりはしっかりしてね」

「こんな田舎《いなか》の島に戸締まりなんていらないでしょ」

「もしものためよ。留守番よろしくね。明日出発なんだから千歳も早く寝なさいよ」

両親が出ていったあと、玄関の鍵をかける。

おそらく両親は遅くまで飲んでくるのだろう。美岸利島最後の日をひとりで優雅に過ごすべく、飲み物とスマートフォンを用意してソファに寝転ぶ。

スマートフォンには叔母からメッセージが届いていた。明日、本島の船着き場まで迎えにきてくれるらしい。そこからは車で三時間ほど走って、叔母が住む札幌に向かう。明日は夕方まで移動時間になりそうだ。

返事を送ったあと、札幌の交通事情を勉強する。路面電車だの地下鉄だの、島では見たこともないものばかりだ。大海が『千歳ちゃんは迷子になる』と謎の予言をしてくれたので、悔しいから予習する。

そうして最寄り駅周辺地図を眺めているうちに数時間が経過していた。

色あせた壁掛け時計が示すのは来客もこない時間。だというのにインターホンが鳴った。

面倒だから居留守を決めこむつもりだったけれど、昨日の華さんのことがある。あれも遅い時間の来訪《らいほう》だったから、もしかすると華さんが来たのかもしれない。私は急ぎ、玄関に向かった。

古い家なのでドアスコープなんて便利なものはなく、忍び足で玄関の小窓から来訪者《らいほう》の姿を確かめる。足元しか見えないけれどじゅうぶんだ。

見えたのは靴《くつ》。特につま先の部分がぼろぼろになった、くたびれたスニーカー。

「どうして……」

すぐにわかった。拓海だ。まさか島を出る前日に来るなんて。

居留守をしなければと息を潜《ひそ》め、あとずさりをする。でも突然の来訪《らいほう》に驚きすぎて、玄関に置いてあった靴《くつ》のことを忘れていた。気づいたのは足が靴《くつ》に当たって、間抜けな物音を響かせたあと。

「千歳、いるんだろ」

それはドアの向こうにいる拓海にも聞こえたようで、居留守作戦は失敗に終わった。

「開けてくれ。お前と話がしたい」

「あ、私は……」

「お前に会いたくて、来た。扉を開けてくれ」

拓海と話すことなんてない。会いたくないから帰って。そう答えたいのに、明日には島を出るのだから、これが最後だと甘いことを考えてしまう。昨日の話を聞いているのもあって、拓海に会いたいと気が緩んでしまった。

玄関扉を開く。会えた喜びに胸中は色めくも、それを押し隠して普段通りに振る舞った。

「……用件は？」

「華から、お前が島を出ていくかもしれないって聞いた。荷物をまとめていたって」

「勘違いじゃない？」

「大海を問い詰めて、確かめた。あいつにしては珍しく口が堅くて時間がかかったけどな――明日、島を出ていくんだろ？」

大海は拓海と同じ家に住んでいるから隠し通すのも大変だろう。責めるつもりはない。

私は覚悟を決めて、頷《うなず》いた。

「島を出るよ。それを確かめたかっただけ?」

「ああ」

「じゃあ満足でしょ。もう帰って」

本当はもっと、聞きたいことや言いたいことがある。私は何も知らずに甲子園や野球の話をして拓海を傷つけていただろう。そのことだって謝りたい。なのに素直になれず、ひねくれた態度ばかり取ってしまう。そんな自分が嫌いだ。

拓海が玄関扉を掴《つか》んだ。まだ話はあると言わんばかりに、扉を閉められないようにしている。彼は焦った様子で、早口に言った。

「出ていくのは俺が理由だろ」

「別に。やりたいことを探しにいくだけだよ、心機一転ってやつ」

「誤魔化《ごまか》すな。ちゃんと言ってくれ、俺もちゃんと話すから」

正面からじっと見つめられると呼吸ひとつするのさえ慎重《しんちょう》になって、溺《おぼ》れていくみたいに胸が苦しい。終わらせたはずなのに、こうして拓海の視線に晒《さら》されると、己のうちに抱えた好意が眠ってくれない。

私と拓海の間にはいくつものターニングポイントがあって、そこで動いていれば今の未来はなかった。例えば、拓海が高校に行く前。そこで拓海が好きだと正直に明かしていれば、甲子園でのことだってなかったかもしれない。どうせ最後の夜だ。今更拓海と話したところで、何かが変わることもない。

手をぐっと強く握りしめ、勇気を出して告げた。

「やっぱり、あんたが好きだから。ふたりを見ているのが苦しい。だから島を出る」

絞り出した声は情けないほど弱々しい。好きって単語は私の想像以上に棘《とげ》だらけで、声にすればあちこちに刺さって痛む。

「お前を苦しめて悪かった。俺は千歳を傷つけてばかりだな」

「謝らないで。私が勝手にあんたを好きなだけだから。それに、いい機会だと思って島を出て頑張るよ」

「お前が島を出ていくのは淋《さみ》しい、けど俺はそれを引きとめられる立場じゃねーな」

拓海の言う立場とは、華さんの彼氏という意味だろう。私は苦笑して昨日のことを言った。

「華さんから聞いたよ。甲子園の約束とか、そのあとのふたりが付きあう話とか」

「……あいつが、言ったのか？」

「うん。なんだか拓海らしいなって思った。追いこまれたら逃げられないの、小学生のときから変わらない」

「人魚姫の演劇だったな。俺が王子様役を代わったやつ」

「そう。でもそのときより重たいよ。他人の生死が両肩に乗るなんて難しい選択」

拓海は俯《うつむ》いていた。華さんのことを思って肯定も否定もせずにいるのだろう。こういうところまで優しい男だ。

でも今は、彼の言葉が欲しい。その口から、拓海が背負ったものを聞かせてほしかった。

「どうせ最後だから話してよ。甲子園の日のこと、拓海の口から聞きたい」

「最後……か」

拓海が呟《つぶや》く。その声はしんと冷えている。

彼は黙ったまま何かを考え、そのうち吹っ切れたように顔を上げた。その唇《くちびる》が語りだすのは、私が知りたかったあの日の拓海のこと。

「華のことは、野球部のみんなが応援していた。痩せ細って変わっていくまでを見ていた俺や野球部員は、あいつが生きるために約束を叶えようって誓ってた」

「それが『甲子園でホームランを打つ』でしょ」

「ああ。俺が打てばあいつは生きようと頑張るかもしれない。そう考えれば考えるほど重たくて、チームメイトも『ホームランを打たないと華が泣くぞ』って急《せ》かしてくる。

打たなきゃいけないって焦ってたと思う」

　そうして力が入りすぎた結果の無安打。内情を知れば納得だけれど、知らない人から見ればエースの不調でしかない。そして試合後、拓海はさらに追いつめられる。

「試合後、野球部のやつがからかって『責任取れよ』って言いだした。打てなかった責任をどうとればいいのか、どうやって華に謝ればいいのかって考えてたときに、華から言われたんだ。『わたしが死ぬまでの間、付きあってほしい』って」

「……拓海はどう思ったの？」

「それが責任を取るってことなんだと思った。打てなかった俺が悪いから。島に戻っても約束通り付きあい続けるつもりだった。でも——お前に会ったら、だめだった」

　拓海が額を押さえた。その体も、声も、震えている。まるで口にしてはいけないものを吐き出す恐ろしさと戦っているように。

「前に、千歳が言ってただろ。理性じゃなくて本能で、気づいたら触れたくなる。だめだとわかっていても、その人のことを考えてしまうって」

「うん……言った」

「それ、本当は俺もよくわかるんだ。だめなのに会いたくなる、話したくなる、触れてみたくなる。千歳は特別なんだ。そのことに気づいても遅すぎるけど」

紡《つむ》がれていく言葉は、私の鼓動を早めていく。普段より早口で喋《しゃべ》る拓海はどこか焦っていたように思う。でも私が口を挟むような余裕はなかった。

拓海が顔を上げた。その瞳は私を捉《とら》えている。拓海の心に秘められた苦しさが、まなざしから伝わってくる。

苦しいんだ。私も拓海も、みんな苦しさを抱えていた。

「俺だって小さい頃の約束を覚えてる。忘れるわけないだろ。お前に告白されたときだって本当は――」

「拓海、待って」

ここに私達しかいないとしても、拓海は今言いかけたことを口にしてはいけない。その一線を越えてはいけない、きっと。

「その続き、言ったら戻れなくなる」

「……そうだな」

「気持ちを押し殺して生きるのってつらいよね。言いたいのに、誰にも言えなくて、もどかしさだけが募っていく」

彼は私が好きなのかもしれない。それが伝わっても、この距離は変わらない。バス停で雨宿りした日やバーベキューの日のように、許されない好意が溢《あふ》れそうになっても、現実が追いかけてくる。拓海が華さんの彼氏で、私が明日島を出ることは揺るがない。

この立ち位置は今更変わらない。

「甲子園の日に拓海が考えていたことがわかってよかった。これで心置きなく島を出られるよ」

「行くな。お前が出ていく必要はない。お前のことを傷つけないようにちゃんと片づける。華とも話す。だから——」

その提案に私は首を横に振った。

「ううん。これが私達にとって最善の選択だよ。島を出たら二度と連絡を取らないし、会うこともしない。距離をとって、お互いに傷つけあうことはなくなる。だから拓海は、華さんのそばにいて」

拓海が戻ってからの日々はつらいこともあったけれど、いいこともあった。華さんと出会えたことだ。友達なんていらないと言っていた私だけど、今はそう思っていない。

だから生きてほしい。

「今の華さんは、拓海のおかげで前を向いている。時間が経《た》てばきっと……拓海も華さんをもっと好きになる。だって華さん、すごくいい人だもん」

たとえ華さんがずるいことをして拓海を手に入れたとしても、彼女のことを嫌いになれない。そこまでしたくなるほど、拓海のことが好きだったのだと思うから。

華さんなら、どれだけ時間がかかっても、きっと拓海を振り向かせる。私がいなくなれば、それは早まるに違いない。

「私達は他人。幼馴染《おさななじみ》にも戻らない。これでいいんだよ」

「……………」

「だから、今までありがとう。最後に拓海から話が聞けてよかった」

話は終わりだと一歩あとずさりをし、部屋に戻ろうとする。それを察したらしい拓海が身を乗りだして、私の腕を掴《つか》んだ。

「待て！　俺はお前に――」

その一瞬が、理性的に抑えつけていた感情を溢《あふ》れさせた。

好きな人が私を引きとめている。腕を掴《つか》まれている。ただそれだけで、拓海に対して抱いている感情が揺れて、止められない。

「私も、ひとつだけずるいことしてもいい？」

「ずるいことってなんだよ」

「少しだけ屈んで。それだけでいいから」

わけがわからないといった様子で、拓海が屈む。簡単に届くぐらい屈んでくれたらいいのに、何を訝《いぶか》しんでいるのか膝を少し曲げるだけ。身長ばかり伸びて、腹の立つ男だ。仕方なく、その両肩を掴《つか》んでつま先立ちをする。

それから——私自身も驚いてしまうぐらいの思い切りのよさで、顔を近づけた。

重ねた唇《くちびる》は支えとして掴《つか》んだ両肩の厳つさにそぐわない柔《やわ》らかさで、歪に形を変える。溶けてしまうと思った。呼吸や温度といった、拓海に関するあらゆるものを身近に感じて。

ほんの数秒、だけど悲しいぐらいに幸せだった。拓海が好きだ。止められないぐらい好きだ。だから、やっぱり離れなきゃいけない。

「今の、って……」

唇《くちびる》が離れて、拓海が発したのは動揺混じりの一声だった。珍しくその頬《ほお》が赤くなっていたから、きっと照れている。

最後にその顔を見られたことが嬉しくて、私は笑った。

「これでおしまい。さよなら、拓海」

玄関に戻って、扉を閉める。施錠音は私と拓海の世界が切り離された合図だ。

唇《くちびる》を指でなぞると熱くて、キスの感触が蘇《よみがえ》る。ずるくてもいいから自分のしたいことをした。だから満足だ。この思い出があれば、終わらせられる。

「……さよなら」

涙は出なかった。玄関扉にもたれかかるようにして座りこむ。この世界には私ひとり。

拓海は別の世界で、華さんと一緒に生きるのだろう。

さよなら、大好きな美岸利島。

さよなら、もう会うことはない、私の好きな人。

間章　九回裏の魔物、そして延長戦へ

逆立ちしても敵わないものがある。あがいたところで、どうにもならない。

努力すれば報われるなんて嘘《うそ》だ。それに気づいたとき、オレは熱意を失っていた。どれだけ頑張ったところで兄貴に追いつけない。親父、兄貴と家族みんなが好んでいた野球は苦痛に変わって、結局辞めちゃった。

小学校、中学校、高校。どこに行ってもオレの呼び名は『鹿島拓海の弟』だった。兄貴は島の有名人だから仕方ないと思うけど、大海って名前があると叫びたくなる。

でも諦めてばかりじゃない。物事には隙《すき》がある。完璧に見えるものにだって欠点が潜《ひそ》んでいる。だから兄貴の不得意なものを伸ばせばいい。そうしたら『鹿島大海』として認められるかもしれない。親父と兄貴が野球中継を見ている横で、オレは本を読む。兄貴を超えられるものが勉強だと思ったから。

「……手応えないなあ」

参考書から視線を剥《は》がして、ため息ひとつ。部屋を見渡してもオレしかいないので、ひとりごとは何事もなかったように消えていく。外は真っ暗になっていて、部屋にはノートと参考書を照らすデスクライトの明かりだけ。

スマートフォンを手に取ると、メッセージが入っていた。スマホを無視できるほど勉強に集中していたなんて、オレってすごいじゃん。心の中で自分を褒《ほ》めてあげて、メッセージを読む。差出人に書かれた千歳ちゃんの名前に口元が綻《ほころ》んだ。

窓の外は冬の夜。今年の根雪は遅いけれど、昨日降った雪が溶けずに残っているから、そろそろ積もっていくのかも。千歳ちゃんがいる札幌は美岸利島よりも北にあるから、ここよりも寒いはず。

カレンダーを見ると十二月。この冬が終わる頃にはオレも札幌にいるのが理想。大学に合格するためにはひたすら勉強するしかないけど、気を緩めちゃったので集中力とはサヨナラ。スマートフォンを掴《つか》んだまま、過去のメッセージを掘り返していく。

幼馴染《おさななじみ》の千歳ちゃん。彼女にとって、オレはひとつ年下だから弟みたいなもの。兄貴と千歳ちゃんはいつもオレの前を歩いて、追いつこうとしても追いつけない。

「……うわ、懐《なつ》かしいやつ発見」

気まぐれに掘り返したメッセージは去年の夏、兄貴が甲子園出場を果たした日。届いたメッセージは一言だけなのに、オレはご丁寧に保護マークをつけて保存している。

そうやってメッセージを残すのはひとりだけ。オレの片想いを示すように、画面に並ぶのは千歳ちゃんの名前。

ずっと憧れてた。千歳ちゃんのことが好きだった。オレを『鹿島拓海の弟』ではなく『鹿島大海』として扱ってくれる。ひねくれて素直じゃないけど、本音を引っ張り出したときの照れくさそうな顔が好き。笑うと可愛《かわい》い。他人に興味ないふりをして、実は優しいところも。ぜんぶ好きだ。

廊下からクワタの鳴き声が聞こえた。声の大きさからして扉の前にいると思う。急《せ》かすように吠えられて、考える。

「散歩忘れてた。やべー、クワタ不機嫌じゃん」

勉強に集中しすぎていつもの散歩時間はとっくに過ぎていた。受験生に犬の散歩させるなよって言いたいけど、兄貴は華さんと一緒に本州に行ってしまったのでいない。手術が終わって落ち着いたら帰ってくるらしいけどね。

ぼやいても仕方ないのでダウンジャケットを羽織《はお》って廊下に出る。床にリードを落とした犯人はクワタだ。こちらを睨《にら》みつけるクワタに謝って、オレ達は家を出た。

外は寒くて、大きく息を吸いこむと胸の奥まで冷たい空気がきんと沁《し》みる。靴《くつ》を脱いでアスファルトに立ったらすごく寒そうなのに、クワタは元気に歩いていた。早々に散歩を終わらせたいオレの意思で、コンビニ前を通って帰るだけの短縮ルートに決定。

二十一時を過ぎているのでコンビニは営業終了。オレは勉強に専念するためバイトを辞めちゃって、今は新しい子がバイトに入っている。店内に明かりがついていたから閉店作業をしてるのかも。

ここを通ると淋《さみ》しさが込みあげる。バーベキューや花火、楽しかった四人の日々は消えてしまった。千歳ちゃんは狭苦しい美岸利島を出て、広い場所へ旅立ったのに、オレは居残り。

「……だから、この島が嫌いなんだよなあ」

クワタに話しかけてみるけれど、振り返ることさえしてくれない。兄貴と散歩に行くときは後ろをついてくるのに、オレと散歩になると先陣切って歩いていく。前を歩くクワタの背は「おれについてこい」と言っているような。一応、オレも飼い主なんだよねー。

兄貴は美岸利島を大事に思っているけれど、オレはこの島が嫌いだ。海によって閉ざされた小さな島、閉塞的《へいそくてき》なコミュニティ。狭い場所で島民の距離が近いから、兄貴はヒーローのように扱われる。オレ達の生まれが都会だったら『鹿島拓海の弟』なんて称号もなかったはず。島民は好きだけど、この島の狭さが嫌いだった。

だから早く、島を出ていきたい。鹿島拓海が知られていない場所に行きたい。

散歩もそろそろ終わり。ラストは石階段を上るだけ。とはいっても、海岸線の下り坂よりもここがつらくって、エスカレーターが欲しいぐらい。

そしてこの石階段が、一番嫌いだった。懐《なつ》かしい場所だとは思う。兄貴や千歳ちゃんともよく遊んだ場所。だけどひとりでここを通るとどうしても思いだすことがある。

それはオレ達が中学生の頃の話。オレは帰宅部だったから、学校が終わるとすぐ家に帰っていて、母に嘉川家まで回覧板を届けるよう命じられた。

オレはハイテンションで嘉川家に行ったけれど、同じく帰宅部の千歳ちゃんはまだ帰っていなかった。しょんぼりだよね。でも家に戻る途中で石階段のほうを見ると、夕日が差しこむその場所に彼女の姿があった。石階段に腰かけてアイスを食べ、グラウンドを見つめている。野球部の練習が終わるのを待っているのだと、一目でわかった。彼女の周りは、ぎらついた夕日の騒《さわ》がしさも届かないぐらい静か。背中しか見えていないのに、いつもツンツンしている千歳ちゃんが穏《おだ》やかに微笑《ほほえ》んでいるのがわかったんだ。声をかけられる雰囲気じゃなかったよ。ふたりの間に入っちゃいけないって見せつけられているようだった。

兄貴を待つ千歳ちゃんの背中。兄貴が千歳ちゃんに向ける柔《やわ》らかなまなざし。ふたりは付きあっているのかもしれない。付きあっていなかったとしても両想いだ。それに気づいてオレの片想いは終わった。兄貴が相手なら敵わないから、好きな人達が幸せになるのを応援するしかない。

だからこの石階段はオレの片想いが終わった嫌な場所。ふたりの姿を見ているたびに苦しくなるから、高校を卒業したら島を出ていこうと思っていたのに。

「おーい、大海！」

石階段を上っていた途中で、声をかけられた。振り返ると階段下にコンビニの店長がいる。目が合うなりぶんぶんと手を振っていた。

「どうしたんすか、こんな時間に」

「さっきコンビニの前通っただろ？　ったく、近く寄ったら声かけろよな。クワタに差し入れしてやろうと思って追いかけてきたよ」

「えー。オレにも差し入れしてよー」

店長が階段を上ってくる。それを迎えるようにオレも数段下りた。

「仕方ねえなあ。ほれ、手を出せ」

近づくと店長はにたにたと笑って、缶コーヒーを取りだした。クワタの差し入れと言ったくせに人間用のコーヒー。店長も素直じゃないなあ。

オレが受けとると、店長はポケットからもうひとつの缶コーヒーを出して、その場で開けた。どうやら店長はここでコーヒーを飲んでいくつもりらしい。石階段の手すりにもたれかかってひとくち飲んでいる。

「どうだ、勉強は捗《はかど》ってるか？」

「うーん。それなりかなあ。今日は気が散っちゃって」

「バイト先は確保してやれるからな。いつでも相談しろよ」

「浪人前提で話すのやめてー」

悲鳴をあげると店長はからからと笑った。でもそれはすぐに消えて、島の景色を眺めながらしみじみと語りだす。

「店の前を通ったとき、暗い顔してただろ？　だから追いかけてきたんだよ」

「オレ、そんな顔をしてた？」

「少なくとも楽しい散歩には見えなかったな」

そう言って、店長はオレの肩をぽんと叩《たた》いた。励ますように優しく。

「誤魔化《ごまか》しても無駄だぞ。こっちはお前らが鼻水垂らしてる頃から知ってんだ。お前ら、たいして儲けにならない駄菓子ばかり買いにきやがって」

「懐《なつ》かしいねー。コンビニになる前の頃だ」

「特にお前は面白くてよお。千歳ちゃんが買う駄菓子をチェックしてると思いきや、そのあと同じものを買う。嫌いなのにきな粉棒を買うんだから笑っちまうよ」

そんなこともあったかもしれない。きな粉は今も苦手。口や喉《のど》に粉が張りつく感じがする。そのきな粉棒をどうやって食べたのかは、覚えていなかった。

「千歳ちゃんが働きだしたらお前も追いかけてくるし――理由は想像がつくがな」

そう呟《つぶや》いて店長は再びコーヒーに口をつける。オレがコンビニで働いた理由はもちろん千歳ちゃんにあるけれど、そのことを店長なりに察していたのかも。

「本島の大学を目指すのも、やっぱり千歳ちゃんが理由か？」

「んー……最初はそうだったけど、よくわからなくなっちゃった」

この島を出たい、兄貴と千歳ちゃんから離れたい。そのために本島の大学を目指していたのに、それは変わってしまった。

物事には隙《すき》がある。華さんが来たことによって、兄貴と千歳ちゃんの関係にも隙《すき》が生じた。兄貴が彼女を連れて帰ってきたから、千歳ちゃんは兄貴のことを諦めようとした。つまり終わったはずだったオレの片想いに、チャンスが生じちゃったのだ。野球で言うなら九回裏の魔物。余計なチャンスのおかげで、諦めたいのに諦められない。

「なんかさー、複雑なんだよ。オレ、自分が何したいのかよくわからない」

石階段の手すりに突っ伏す。冷えた手すりがおでこに当たって気持ちいい。

「人には『終わらせて別の道を進もう』なんて言っておきながら、オレが一番終わらせられてない。まだチャンスあるかもなんて期待してる」

オレが千歳ちゃんにそれを言ったのは、バーベキューの日。アイスを買った帰り道、『ちゃんと終わらせたほうがいいと思う』と言った。それは千歳ちゃんのことを思っているように見せかけて、本当はオレ自身のため。千歳ちゃんが諦めたらいいのにってずるいことを考えちゃった。その結果、千歳ちゃんは兄貴に告白して、フラれた。望み通りの展開になったはずなのに、解決した気分になれないからおかしいよね。モヤモヤしてる。

そのあと、千歳ちゃんは島を出た。大学に合格したらオレも島を出て、千歳ちゃんに会う。兄貴のことを誰も知らない新しい場所、好きな子がいてひとり占《じ》めできる。幸せなはずなのにどうして心がざわつくんだろう。

深くため息を吐くと、隣の店長が笑った。

「お前は賢いからなあ。器用だからこそ、腹にたくさん抱えこむ」

「器用なんて言われたの初めてだよ」

「俺は、三人の中で一番賢くて器用なのはお前だと思ってたよ。ふざけたことをしても計算してやっている。ここにいるんだって主張するようにおちゃらけるのがお前だ」

褒《ほ》められたことが照れくさくて、誤魔化《ごまか》すようにコーヒーを飲む。外気の寒さに晒《さら》されて缶の外側はキンキンに冷えていた。けれど中身は温かくて、飲み終えて吐いた息は白い。

「賭《か》けてみるのもいいと思うぞ」

店長がそう言った。何のことかわからなくて、オレは「賭《か》け？」と聞き返す。

「中途半端《ちゅうとはんぱ》じゃ誰も得しないからな。どっちを選ぶのか、最後の賭《か》けでもしてみれば、諦めもつくかもしれないぞ」

最後の賭《か》け――それをオレが反芻《はんすう》している間に、店長は「ま、俺はお前らの事情なんか知らないがな」と苦笑していた。

負けると思っていた試合は、九回裏で同点に追いつき、延長戦に突入。諦められずうだうだとマウンドに立つオレに、最後の賭《か》けという言葉はよく響いた。

「……いつか、賭《か》けてみるかな」

終わらせるために想いを告げる。人に向けたアドバイスが自分にも返ってくる。そのときが最後の賭《か》けかもしれない。

「島を出て、うまくいかなかったら帰ってこい。いつだって逃げ場所を作ってやる。もしみんなが拓海の味方になったとしても、俺はお前を応援してやるよ。もちろん千歳ちゃんや拓海だって応援してるけど、お前は特別だ」

「やだ、店長ったらかっこいい、惚れちゃう」

「そうやってふざけるからなあ、お前は」

ふざけているけれど本当は嬉しい。店の前を通りすぎたときに暗い顔をしていたからって追いかけてくれる、それぐらい気にかけてもらえることも幸せだ。

「お前の味方はいる。だから安心して勉強しろ」

「じゃ、オレが大学合格できるか賭《か》けちゃう？」

するとと店長は「ばーか」と言ってオレを小突いた。

「それじゃ賭《か》けにならんだろ。お前なら絶対大丈夫だ。なんたって、うちのコンビニの元エースだからな。自信持って頑張れよ」

残っていたコーヒーを飲み干した店長は、「じゃ、またな」と言って歩きだす。空いた缶はポケットに戻し、その背が少しずつ階段を下っていく。

この人も、この景色も。島を出たら見られなくなるんだ。あれほど島を出たいと思っていたのに不思議《ふしぎ》なもので、急に淋《さみ》しさが込みあげた。

「店長、ありがとうございました！」

叫び、頭を下げる。店長は振り返らず、片手をひらひらと振って応えてくれた。

再び机に向かっても集中力ってやつは行方不明のままだった。

「終わらせろって言ったのはオレなのに、自分のことは終わらせられないんだよなあ」

ぼやくけれど、自分でもなんとなく、答えがわかっている。

オレが好きな千歳ちゃんは、兄貴のことを追いかけている千歳ちゃんだ。石階段に座って兄貴の帰りを待つ、あのときの後ろ姿の穏《おだ》やかさは、オレじゃ引き出せない。兄貴のことを待っていたから美しかったんだ。

兄貴と千歳ちゃんのふたりが幸せになってくれたら諦めがつく。だからその未来を見せてオレの期待を打ち砕いてほしかった。好きだけど、オレじゃ千歳ちゃんを笑顔にできない。

試合は延長戦。ピッチャーはオレ。そういえば野球をしていたときもオレはピッチャーをやっていた。だから、アホみたいに打ちまくる兄貴に敵わなくて、そしてこの人がいずれ島の外に出ていくことを強く感じ取った。でも今度は逃げずに立ち向かう。オレはいつかとっておきのボールを投げる。最後の賭《か》けだから勇気がいるけどね。

机に放置されたままのスマートフォンを手に取る。散歩のときには持っていくのを忘れていた。千歳ちゃんから連絡が来ているかもしれないし、確認しないとね。

「は……どうして……」

通知画面。着信履歴二件。メッセージ一件。差出人は兄貴。

メッセージを読んで言葉を失った。ふわふわとしていた気持ちがどん底まで落ちる。

試合は延長戦。この戦いは、まだ終わらない。最後の賭《か》けなんて許されない。

頭に焼きついていたはずの夏の香りは、もう蘇《よみがえ》らない。

第四章　生きること、ずるいこと

美岸利島での暮らしから一転し、都会に慣れようと慌《あわ》ただしく動いている間に年が明けて、春が近づく。

見上げてばかりだったビルの高さにも慣れてきて、地下鉄も路面電車も迷わなくなった。テレビでは本州の桜が話題になっているけれど、札幌ではまだ街のあちこちに雪が残っていて、溶けるまではもう少しかかるのだろう。

その頃に、大海がやってきた。

「千歳ちゃーん、久しぶり。元気にしてた？　オレは元気だよ、今日が楽しみでさー！ね、聞いてる？　オレ、元気にしてますよー」

「大海が相変わらずなのはよーく伝わってる」

久しぶりというけれど、連絡を取りあっていたからそこまで長い感覚がない。

部屋に入るなり「これが千歳ちゃんの家かー！」と感動している背に声をかける。

「大学合格、おめでとう」

「ありがと。千歳ちゃんに祝われるのって感動しちゃうなー！」

「浪人生になると思ってたけど、まさか一発合格とはね。どんな裏技を使ったの？」

「失礼な！　猛勉強したんだよ！」

この春から大学生となる大海は、本島に住むことが決まっていた。幸い、私はいい部屋を見つけて叔母の家を出ていたので、今度は大海がそちらに間借りするらしい。

そして今日は、私の家に遊びにきていた。

「千歳ちゃんの家っていいなあ。大学も近いし、オレもこのアパートの部屋借りちゃおうかな」

「残念ながら空きがありません」

「……オレってそういう星の元に生まれているよなあ。不憫《ふびん》で可哀想な鹿島大海くん」

ひとりならじゅうぶんだろうと借りたワンルーム、バストイレ別の手頃な部屋だ。キッチンも同じ部屋にあるのでお茶の用意をしていても大海が視界に入ってしまう。ソファでくつろぐ姿に苦笑しつつ、お湯を沸《わ》かす。

「千歳ちゃん、あれからどう？」

「今も叔母さんの店で働いてるよ。やりたいことはまだ見つからないや、毎日が慌《あわ》ただしくて」

「うんうん。千歳ちゃんの気持ちのほうは落ち着いた?」

その言葉に、美岸利島のことを思いだしてしまう。封じてきた淋《さみ》しさが蘇《よみがえ》って、体が空《から》っぽになったような感覚がした。私はぎこちなく笑って大海に答える。

「半年も経《た》ってるから大丈夫だよ。それより大海は? みんな島から出ていって、淋《さみ》しかったんじゃない?」

「……うん。淋《さみ》しかったよ」

「骨髄《こつずい》移植手術が終わったら、拓海と華さんは島に戻ってくるのかな。その頃には大海がいないから、ふたりが淋《さみ》しがるかもね」

ポットにお湯を移すと湯気が立ちのぼって視界を遮《さえぎ》った。だから、私の言葉が彼の表情をどんな風に変えたのか、すぐにはわからなかった。

湯気が消えてようやくその顔が見えたときには、大海の声が沈んでいた。

「ふたりのこと……やっぱり言ったほうがいいよね……」

その表情に不安が煽《あお》られ、淹れたばかりのお茶をそのままにして、私は大海のほうへ駆け寄る。

「ねえ、何の話?」

「……………」

「教えて。何かあったの？」

問い詰めてようやく大海が顔を上げた。嫌な予感がする。

大海はスマートフォンをテーブルに置き、叔母宛のメッセージを打ちこむ。わざわざテーブルに置いて操作しているのは、私にも画面が見えるようにという配慮《はいりょ》だ。

大海は『千歳ちゃん知らなかったよ』と送り、続けて『これから連れていってきます』と打ちこんだ。少し待つと叔母から『お願いするよ』、『気をつけてね』とシンプルな返事が届いたことから、この話を知らないのは私だけのようだ。

「ごめん。オレじゃうまく説明できないから、今から行こう。千歳ちゃんには一泊分の荷物準備してもらって……その間にオレは飛行機を調べておくね。今日発の飛行機、空きがあるかなあ」

飛行機。本島ではないどこかへ行くということ。

美岸利島に空港はないから、私が向かう場所は美岸利島ではない。思いついたのは本州。本州に行く用事、この嫌な予感。

喉《のど》がひりついた。さまざまなキーワードが結びついて、頭に浮かぶ人物。気づけば瞼《まぶた》に力がこもっていたから、目を見開いていたんだと思う。眼球が乾いている感覚。言葉を失っている私の隣で、スマートフォンを操作していた大海が力強く頷《うなず》いた。

「飛行機、取れたよ。これで会いにいける」

＊＊＊

美岸利島でも北海道本島でもまだ早い桜が、本州では咲いていた。外に出れば想像していたよりも温かく、スプリングコートはいらなさそう。でも空港や街を歩く人達はぴっちりとコートを着ていたから、浮かないように私も倣《なら》った。

テレビで見ていた都会の景色。札幌も実は田舎《いなか》だったのかもしれないと思うほど、ビルは高すぎて見上げると首が痛いし、モノレールだってある。乗り換えで降りた駅は人で溢《あふ》れ、電車の種類はたくさんありすぎてわけがわからない。外回り内回りって何のことだ。

私ひとりでは、この都会を歩けなかったと思う。大海は人混みの中をすいすいと歩き、乗り換えも迷わない。その横顔から、美岸利島の田舎《いなか》少年の気配は消えていた。

旅行というにはあまりにも突然すぎるもので。午前中に家を出てからがあっという間に感じる。大海が来る前の私は、まさか本州に行くなどと思ってもいなかった。

空港から電車に乗って、大きな駅で乗り換えをして、着いたと思えばまた電車に乗る。

電車に乗れば乗るほど都会の景色が薄れ、自然が増えていく。

目的地に着いたのは夕方だった。さっきまでの都会の人混みは嘘《うそ》のように、人影はまったくない。代わりにあるのは、四角く同じ形をしたたくさんの石。沈みかけの夕日が辺りを赤く染めても、整然と並ぶ石の無機質さは変わらない。

その石が、お墓が、嫌な予感の答えだった。

「……どうして墓地に」

おそるおそる大海に聞く。

薄々、勘づいていた。大海の口数がいつもより少ないことや、その背中が悲しそうだったことから、何かあったのだとわかった。不安が渦巻いていた思考にはぽかんと穴が空いて、受け入れようにも難しい。ここに誰かいるなんて嘘《うそ》だ、信じたくない。

大海は、この場所が放つ厳かで悲しい空気を、肺一杯に吸いこんだような声で言った。

「……華さん、亡くなったんだ」

不安にとどめを刺されて言葉が出なくなる。

どれも同じような墓石の間を、大海がすいすいと歩いていく。人混みの中を歩くときと同じ速度で、けれどここにあるのは人混みじゃない。もっと冷ややかなもの。

歩みが止まったのは『宇都木家』と書かれた墓石の前だった。お墓といえばお花が飾ってある印象を持っていたけれど実際には違う。お花は飾られたあとに持ち帰られたのか、そこには水が溜《た》まっているだけ。周りを見てもどこにも花の気配はなかった。

「移植手術を受けるって言ってたのに」

「受けたよ。十二月に手術が決まって、手術前にはオレも会いにいった」

「じゃあどうして。手術したのになんで――」

大海が俯《うつむ》いた。絞り出すようにか細い声で続ける。

「手術後、拒絶反応が出たんだ。宿主対移植片反応《しゅくしゅたいいしょくへんはんのう》。華さんの体が、移植した骨髄《こつずい》を異物と認識して攻撃するってものらしい。オレもわからなくてあとで調べたんだけどね。それが原因で、華さんは亡くなったよ」

墓石には華さんの名前と命日が彫ってある。日付は十二月となっているから、手術後一ヶ月も経《た》たないうちに亡くなってしまったのだ。

亡くなったと聞いても実感がない。かといって、華さんの姿や声を鮮明に覚えているかというと難しい。記憶にはあるけれど、あの声が鼓膜《こまく》を揺らすことはもうない。姿だって、私の中の華さんは最初から最後まであの夏の彼女のまま。

「オレ、預かってたものがあるんだ」

大海はそう言って、肩にかけていたカバンから手紙を取りだした。男の手にはちょっと似あわない、レース柄の白い封筒だ。

「華さん、手紙を書いてたんだ。兄貴とかオレの分もあって、千歳ちゃんの分はオレが預かってた」

「どうしてすぐ教えてくれなかったの。手紙だって渡してくれたらよかったのに」

「口止めされてたんだ。やりたいことを見つけて頑張っている頃かもしれないから、千歳ちゃんの余裕があるときに話してほしいって言われてた。本当はまだ黙っていたほうがいいのかもしれないけど、今日千歳ちゃんに会って早く話すべきだって思ったんだ」

手渡された封筒を見ると、可愛《かわい》らしい丸文字で『千歳さんへ』と書いてあって、手書きのハートマークもある。

「読んで……いいの？」

「千歳ちゃん宛の手紙だから読むべきでしょ――オレ、ちょっと散歩してくるね」

そう言って大海は歩いていく。私のことを気遣ってひとりにしてくれたのだろう。

生きろ。生きてほしい。私は華さんにそう告げた。その結果、彼女は生きるために移植手術を受ける決意をし、語らぬ墓石となってここにある。再び病に立ち向かうきっかけを作ったのは私であり、死のきっかけを作ったのも私だ。だから手紙を読んでいいのかわからない。軽率な発言を責められるのかもしれない。

手紙を持つ指が震えていた。自らの発言の重さを自覚しているからこそ怖く、でも早く読みたい気持ちもある。迷いに手が重くなって、封を開ける作業は時間がかかった。

便せんは五枚。ブルーグレーのペンで書かれた可愛《かわい》らしい字が並んでいた。

『千歳さんへ
久しぶり、今は何をしているのかな。

骨髄《こつずい》移植の手術が決まりました。お兄ちゃんがドナーになったの。大丈夫だと思うけど、何かあったときのために手紙を書くね。

短い間だったけど千歳さんに出会えてよかった……なんてありきたりな文章になってしまいそう。でも千歳さんに伝えたいことは少し違うの。ちゃんと、わたしの気持ちを話すね。

夜、千歳さんに会いにいった日のことを覚えてる？　あの日のわたしは強がって笑ったの。本当は千歳さんが羨《うらや》ましかった。ずっと羨《うらや》ましかったの。

羨望の理由は単純で、まっすぐに誰かの幸せを願うあなたの前にいると、ずるい道を選んだわたしがみじめに思えてしまうから。

わたし、うまく笑えていたでしょう。ちゃんと宣戦布告できていたでしょう。千歳さんはわたしのことを嫌いになったかもしれない。でもわたしはあなたと、ちゃんと友達になりたかった。だから宣戦布告したの。

千歳さんともっと話がしたかった。すべてを話して、正面からあなたに否定されたかった。それはずるいことだと、臆《おく》さずに糾弾してくれることが嬉しかったの。


少しだけわたしの話をさせてね。

わたしね、小学校から高校まで、順風満帆《じゅんぷうまんぱん》だと思っていたの。友達は多くて、勉強も運動もそれなりにこなせる。家に帰れば、両親とお兄ちゃんが待っていて、みんな仲よし。悩みごとはあっても些細《ささい》なことで、わたしは恵まれた生活を送っていた。

中学生の頃から、女子の話題は恋愛事に変わっていった。わたしはそういうものに疎《うと》かったけれど、高校生になったら素敵な彼氏を作れるのかもしれないと人並みに憧れを持っていたの。だから高校生になるのが楽しみだった。

そして高校一年生。同じクラスにいたのが、たっくんだった。最初は、びっくりしたの。たっくんは背が高いから目立つのよ。さらに自己紹介で喋《しゃべ》ると、たまに不思議《ふしぎ》な喋《しゃべ》り方が混ざる。その訛《なま》り方から、わたしの知らない地域から来ているのだとわかった。

わたしが野球部のマネージャーになった理由は、野球をする人の応援をしたかったたから。お兄ちゃんが野球をやっていて、小さい頃から試合の応援に行っていたの。見るのが好きだから、マネージャー。それなら近くで野球を見ていられるでしょう?

わたしがたっくんのことを好きになるのはすぐだった。北海道の離島からスポーツ推《すい》薦《せん》で入学したたっくんは、真剣に野球と向きあっていた。学校近くの寮に入っていたたっくんは、誰よりも早くやってきて部活の準備をするの。そして一番遅くまで残って練習をする。その姿を見て、わたしはすぐ恋に落ちていた。

たっくんが格好いいのももちろんあるよ。好意の半分は一目惚れ。無愛想《ぶあいそう》なたっくんのたまに見せる笑顔が素敵だった。あんな風に笑うのだと見惚れちゃった。あとの半分は彼の野球に対するひたむきな姿勢。一途に野球を思う姿を恋愛と重ねて、たっくんは好きな人を一途に愛するのかな、なんて思っちゃったの。

そうしてわたしの片想いの日々が始まった。とても楽しかった。授業中に彼の声を聞いたとき、目が合ったとき、言葉を交わせた日はその場で飛び跳ねてしまいそうなほど幸せだった。わたしがたっくんに片想いしていることは、マネージャー仲間だけでなく野球部のみんなが気づいていたと思う。よく応援してもらったから。

だから告白をした。その結果は話したことがあるよね。たっくんは『故郷で待ってるやつがいる』と言って告白を断った。フラれた日はたくさん泣いたんだよ。マネージャー友達と野球部の子に話を聞いてもらって、翌日目が腫《は》れるぐらいまで泣いたの。

　でもその頃から、わたしの体に異変が起こっていった。少しずつ体調が悪くなって、病名がわからない不安と戦う中、わたしの支えになったのはたっくんだった。やっぱり諦められなくて、たっくんとまた話すために頑張ろうと思っていた。

　そうして告げられた病名が悪性リンパ腫。呆然とした。ひどい病気ではないと信じていたのに、まさかわたしががんになるなんて。

　あれほどたくさんいた友達が、腫《は》れ物に触るかのように余所余所《よそよそ》しくなった。お見舞いにきてくれても慎重《しんちょう》に言葉を選んでいるの。両親だって、わたしを哀れんで、今までのように接してくれない。わがままを言ったところで誰も咎《とが》めない。一歩距離を置いて接するような態度で、この病がどれほど恐ろしいものなのか周囲の反応で再認識した。

　病気になって、友達っていうのは薄っぺらなものだってわかったの。たくさんいると思っていたのにみんな離れていく。正面から向きあってくれる子はひとりもいない。病のつらさを語ったところで、健康な人には想像もつかないの。なのにわかっているふりをして『つらいね』って答える。わたしはそれが嫌だった。

　だから千歳さんが『私には病のことはわからないから傷つけちゃうかもしれないけれど』と前置きをして語ってくれるの、すごく好きだった。闘病のつらさだけではなく、それと闘《たたか》うわたしの気持ちまで汲《く》もうとしているのがわかったから嬉しかったよ。

話が逸《そ》れちゃった。たっくんの話に戻りますね。

高校三年生の春に、野球部のみんながお見舞いにきたの。楽しそうに部活や学校の話をしてくれたけれど、なんだか虚《むな》しくなっちゃった。どの話を聞いても、そこにわたしはいない。みんな元気で健康で、痩せ細ったわたしがみじめに思えてしまったの。

その頃のわたしは病気が再発して二度目の治療中。二度あることは三度あるって言うでしょ、寛解《かんかい》したとしてもまた再発するかもしれない。終わりの見えない闘《たたか》い。その間に置いてけぼりになるぐらいなら死んでしまったほうが楽だと思った。だからね、たっくんと約束したの。

『甲子園でホームランを打ってくれたら、生きられる気がする』

ずるいよね。今は反省している。生死を懸《か》けた約束をさせられたたっくんの気持ちなんて考えてなかったから。

そして高校三年の夏が来たけれど、それは千歳さんに話したのがすべて。わたしはずるいやり方で彼を手に入れてしまった。

付きあってもたっくんはあまり笑ってくれなかったの。責任を取って隣にいるだけで、彼を振り向かせたとは言えない状態だったのね。あのときのわたしはそれでもいいと思っていたの。片想いが通じて、憧れていた恋人がいる。これが幸せだと思っていた。

でも美岸利島ですべてが変わった。

わたしね、千歳さんに会えてよかった。千歳さんは正面からわたしと向きあってくれる。それはずるいことだと、素直に伝えてくれた。そのことが、病を抱えた可哀想な子としてでなく、宇都木華として扱ってくれているみたいでとても嬉しかった。

たっくんと付きあうに至った経緯は、ずるいことだと反省してます。でもそれをしなかったら千歳さんと出会えなかった。だから反省しているけれど、後悔はしない。悔やむよりもこれからどうするのかを考えようと決めたの。

たっくんに伝えようと思っていることがあるの。これ以上、たっくんを縛りつけるのは嫌だから、彼に別れを伝えようと思う。それはわたしがたっくんの幸せを考えて取れる方法。贖罪《しょくざい》っていうのかな。これ難しい漢字だね。辞書を引いちゃった。

後悔はしないけど、反省してこの先を変える。だからたっくんに伝えるよ。

きっとわたしは選ばれない。彼は千歳さんの元に行く。それでもいいの。ちょっと悔しいけれど、たっくんが幸せだったらわたしは前を向ける。それに、生きていれば、もっと格好いい人と出会えるかも。なんてね。

もしもわたしとたっくんが別れて、たっくんが千歳さんを選んでも、あなたのことだからそれを断りそう。そしたらたっくんはひとりぼっちになってしまう。だからね、わたしが死んでしまっても、千歳さんとたっくんは——ううん、やっぱりやめる。それをここに書いても、薄っぺらな言葉になりそうだから。


死ぬってもう二度と会えなくなってしまうことなんだね。最近は死ぬのが怖いから、ちゃんと目が覚めますようにって眠る前にお祈りをするの。明日の予定を決めても目が覚めないかもしれない。何気なく眠っただけなのに、そのまま死ぬのかもしれない。そう考えたら怖くて、手紙を書いておこうと思った。生きると決めたのに諦めているみたいで本当は嫌だけど、何も伝えずに終わってしまったらいやだから。

わたしは幸せだったよ。病気にならなかったら、たっくんと付きあわなかったら、千歳さんやみんなに会えなかった。コンビニでのおしゃべりやバーベキュー、花火。どれも楽しかったね。まだまだ色んな楽しいことをしたかったね。

ねえ、千歳さん。友達になってくれてありがとう。あなたと一緒に年を重ねたかった。どうか千歳さんの未来に、幸せがたくさんありますように。

わたしね、たっくんの存在が生きる希望だった。たっくんのために生きようと思った。でも本当は違うの。わたしはたっくんも千歳さんもひろくんも、そして美岸利島の日々も好きだった。あの日々が続いてほしかった。だから死にたくない。生きていたい。美岸利島でみんなに会いたい。

わかったことがあるの。生きる希望はたっくんに背負わせる言葉ではない。わたしは、みんながいたから生きたいと思った。

わたしの生きる希望は、みんながいた美岸利島の日々でした。

宇都木　華』

読み終えて、詰めていた息を吐く。私が生きていることを示すように手が小刻みに震えていた。

目を瞑《つむ》れば、美岸利島での日々が蘇《よみがえ》る。最初は嫌だったけれど、いつの間にか華さんが心に入りこんで、彼女と話すことが楽しくなっていた。あんな風に出会わなかったら、友達のままでいられたのかもしれない。

華さんが亡くなってから何ヶ月も経《た》っていて、葬儀《そうぎ》はとっくに終わっている。置いてけぼりを食らったような気持ちだ。まるで映画のような拓海と華さんの青春。一生に一度の恋みたいな。私は舞台袖から眺めるだけの脇役でしかない。

「……青春の、お墓」

ここに眠るのは華さんと、その恋の結末。

他のものと同じ形をしている墓のくせに、ここだけ輝いて見えてしまう。付きあうきっかけがたとえずるいものだったとしても、それもひっくるめて青春だった。拓海と華さんは青春そのものだった。

この青春は終わってしまった。華さんは死んでしまった。

終わってしまえばひどく後悔する。意地を張らずに連絡先を聞けばよかった。メールでも電話でも直接でも構わないから華さんと話せばよかった。生きてほしいと言わなかったらこの結末は変わっていたのだろうか。

悔やんでも戻れない。これが死なんだ。死ぬって、失われるって、怖くてたまらない。

目のふちに溜《た》まっていた涙がこぼれ落ちた。頬《ほお》を滑《すべ》り落ちたそれは熱い。華さんの死を嘆《なげ》いての涙か、死というものへの恐怖か、あの夏の後悔か。どれが私の涙を作りあげたのかわからない。ここに座りこんで、叫んで、泣きじゃくりたい。

私がやりたいことを見つけているかもしれないと考えて、華さんは大海に口止めを頼んだのだろう。手術に挑む前も、彼女は私のことを考えていた。でも今の私は、やりたいことなんて見つかっていない。何も頑張れていない。生きろと偉そうなことを言ったくせに、私は彼女のように輝いていない。

「……今は、泣いてる場合じゃない」

そっと墓石に触れる。

「また会いにくるから。やりたいこと見つけるから」

目を瞑《つむ》って考える。

私のやりたいこと。意地を張らず、素直になって、これだけは譲りたくないと思うもの。本当はある気がする。とっくの昔に見つかっている気がする。けれどそれだけは選んじゃいけない。封をして心の奥底に沈めて、別のものを考える。

「千歳」

突然名を呼ばれて、心臓がどくりと跳ねた。封をしたはずの感情が暴れそうになって、焦った私は振り返る。

「った――」

拓海、と言いかけた声は、その姿を視界に収めたのちに引っこんで消えた。

「千歳ちゃん？」

そこにいるのは不思議《ふしぎ》そうに首を傾《かし》げている大海だった。どうかしている。大海と拓海を間違えるなんて。私の呼び方も声も違うのに。

言いかけた名前に大海は気づいたのだろうか。けれどその表情が乾いているからわからない。じっと見ているうちに、大海は言った。

「もしかして……オレ以外の人と会ったりした？」

「誰にも会ってないけど」

どういう意味の質問だろう。けれど大海にとっては大事なものだったらしく、表情を緩めて安堵《あんど》の息を吐く。

「それはよかった……いやよくないのかもしれないけど。あいつ、意気地なしだなあ」

「何の話？　大海以外にも誰かいたの？」

「こっちの話だから気にしないで」

何事もなかったように微笑《ほほえ》む。そこにいるのはいつもの大海だった。

「風が出てきたから、そろそろ行こう」

大海は飛行機のチケットを押さえたあとすぐにホテルの予約も入れていたらしく、宿に困ることはなかった。駅から少し離れた、手頃な価格のビジネスホテルを二部屋予約していた。

私達は明日午前中の飛行機で帰る。初めての本州といえど観光する時間はない。でも今回はこれでよかった。観光する気にはなれないから。

ホテルの窓から見る都会の夜は慌《あわ》ただしい。どこもかしこもきらきら輝き、車のクラクションが聞こえる。街灯の光は白く、美岸利島のオレンジ色の街灯より洗練されていた。でもどうしてか居心地が悪い。綺麗《きれい》な街並みだけれど息が詰まる。美岸利島と同じ夜なのに星は見えそうもない。

「……美岸利島のほうが、好きだな」

北海道本島や本州に行ったからこそ、美岸利島の持つ空気が独特のものだったとわかる。忙しない都会よりものんびりとしたあの島のほうが、私に合っている気がした。

＊＊＊

「じゃ、出発時間前に搭乗口前に行くから！　千歳ちゃん迷子にならないでね」

「大丈夫だってば」

「ほんとかなあ……一緒にお土産見て回ったほうが楽しいと思うけど」

翌朝。空港に着いた私達は別行動を取ることになった。大海は空港や売店を見て回りたいらしいけれど、私は駅や空港の混雑っぷりに疲れてあちこち見て回る元気はない。

「搭乗口はわかってるから近くにいるよ。何かあったら連絡して」

「うーん……なんか不安でさ……」

一緒に行こうとうだうだと騒《さわ》ぐ大海を置いて、保安検査場に入る。

出発時刻まで時間があるけれど、保安検査場を抜けたらまっすぐ搭乗口の近くへ。

空いているいすに腰かけて息を吐く。空港は騒《さわ》がしい。人の声だけじゃなくて、常にお知らせや呼び出しのアナウンスが流れている。これもまた息が詰まる思いだった。

スマートフォンをいじったり窓から飛行機を眺めたり――そんなことをしているうちに隣のいすに誰かが座った。顔は見ていないけれど男の人だと思う。空いていた場所に誰かが座るだけで圧迫感があるのに、その人の体格がいいせいで圧迫感は倍増する。

居心地の悪さを感じて別の席に移ろうとしたとき、空港の騒《さわ》がしさに混じってその人の声が落ちた。

「千歳」

昨日のように聞き間違いかもしれない。それとも近くに同じ名前の人がいるとか。疑いながら、隣の席を横目で見る。

「久しぶりだな」

「……拓海」

視線が重なって、でもこれを現実だと認識するまでに数度のまばたきが必要だった。目を瞬《しばた》いても視界から消えない拓海の姿に、ようやく現実だと理解する。

終わらせたのだから、この人は他人だ。私はそっけなく答えた。

「どうも。ここで会うと思わなかった」

「俺も、お前達に会えると思ってなかった」

「お前達って……私と大海が来てること知ってたの？」

「まあな。大海から連絡がきてたから」

「なるほど。それで、あんたは？」

「仕事が忙しくなったら本州に来るのも難しくなる。だからその前に墓参りしにきた」

窓の外では飛行機がゆったりと動き出して、滑走路に向かおうとしていた。この席は飛行機がよく見える。美岸利島には空港がなかったからこの光景は新鮮だ。

「華さんのこと……ごめん」

「なんで千歳が謝るんだよ」

「私が生きてほしいって言ったから華さんは手術を受けた。私が言わなかったら――」

華さんは生きていたかもしれない。その言葉は喉《のど》に引っかかり、うまく発することができなかった。涙がこぼれそうになって俯《うつむ》く。

「千歳だけじゃない。俺だってあいつに『生きろ』と言った。華の両親も大海もみんな、あいつに生きてほしかっただけだろ」

「……そう。生きてほしかった」

ひとつ、ため息。叶わないものを思って、私達の会話はトーンが落ちる。

生きることはこんなにも難しい。何気なく日々を過ごしているから、それが簡単なことのように思えてしまうけれど、本当は難しいのだ。

「拓海、華さんの死に立ち会えた？」

好きな人達に看取《みと》られたいという華さんの願いは叶ったのか気になっていた。こんな結末になったとはいえ、好きな人達に囲まれていてほしかった。

私が訊《き》くと拓海は頷《うなず》いた。

「華の兄貴のところに居候《いそうろう》させてもらって、年明けてしばらく経《た》つまで本州のほうにいたから」

「じゃあ華さんの願いは叶ったんだね」

ほっと胸を撫《な》で下ろす。けれど拓海は複雑そうな顔をしていた。

搭乗口前に少しずつ人が増えていく。遠くのほうで飛行機の飛んでいく音が聞こえた。

「……願いは叶ったのか、わかんねー」

拓海は確かにそう言った。窓のほうに視線を向けたまま。

「あいつに言われたんだ。『手術が終わったら別れよう』って」

この男はそれを淡々と言う。私は華さんの手紙を読んだから知っていたけれど何も言わなかった。表情ひとつ、変えられなかった。

「付きあうときにずるいことしたって後悔していたらしい。それを謝られた。だから付きあう前に関係を戻して、本当に好きになったらもう一度付きあってほしい……そういう話だった」

「……拓海は、何て答えたの？」

「『わかった』って答えた。俺もそのほうがいいと思ったから」

拓海は窓に向けていた視線を剥《は》がし、深く息を吐く。後悔で塗りつぶされたような重たいため息だ。

「俺じゃ、華の生きる希望にはなれても、恋人にはなれない。中途半端《ちゅうとはんぱ》で何もできず、周りを傷つけるだけだ」

「華さんは拓海と一緒にいることができて幸せだったと思うよ」

私が言うと、拓海は肩を竦めて「どうだろうな」と小さく答えた。

好きな人と一緒にいるということは本当に幸せだ。それは私にもわかる。拓海と自転車にふたり乗りしただけで幸せだと思ってしまうぐらいだから、華さんだって拓海と共に過ごす些細《ささい》な時間で幸せを感じていただろう。

誰かを好きになることはときに誰かを傷つけるけれど、悪いことだけじゃない。誰かを好きにならなければ得られない幸福もある。

「手術が終わって元気になるのを見届けるつもりだった。そのあとは流されず自分に素直になろうって決めた」

拓海は再び窓のほうへ視線をやる。けれどそのまなざしは先ほどと違って、苦しげに細められていた。飛行機を見ているのではなく、拓海自身が抱えている苦しみを見つめているような気がした。

「でも、終わったんだ。あいつは元気になんて、ならなかった」

「……そうだね。生きてみるって言ってたのに」

「死ぬって、もう二度と会えねーんだな」

その呟《つぶや》きは華さんからの手紙に綴《つづ》られていた一文と似ていた。

手紙を書いていたときの華さん、そして今の私達。みんなが死について考え、恐れている。

搭乗口の液晶表示板が移り変わって搭乗案内時刻を表示し、それに合わせて人も増えていく。

　スマートフォンを見れば、大海からの連絡が入ったところだった。これから保安検査場に入るそうで、もうすぐここに着くだろう。

「千歳」

　名を呼ばれて顔を上げると、拓海が切なく微笑《ほほえ》んでいた。

「俺、美岸利島に帰る。もう逃げない。中途半端《ちゅうとはんぱ》なことをしたくない。だから——お前を傷つけないぐらいの男になったら、お前を迎えにいく」

「華さんのことが、あるのに？」

「それでも自分の気持ちに嘘《うそ》を吐きたくない。素直になるって決めたんだ。誰かに後ろ指をさされてもいい。一人前になって、お前を守れるようになりたい」

「私は——」

「返事はいらない。そのときがきたら、聞く」

　言い終えるなり拓海が立ち上がる。大海が来る前に別の場所に移動するのかもしれない。

「なんだか……青春だね」

　去ろうとする姿がそう見えた。高校生じゃないのに、青春だと思ったから。

するとと拓海は目を丸くして私を見つめ、ほろ苦く笑った。

「青春なんて、後悔しかねーよ」

そのあと大海と合流して飛行機に乗りこんだけれど、見渡しても拓海の姿はなかった。飛行機は北の地に向けて飛び立つ。その途中で大海が言った。

「千歳ちゃんは華さんのこと苦手だと思ってた。あーゆータイプの子って苦手でしょ？」

「最初はね。でも段々と変わっていった」

彼女がしたことは忘れないし、ずるいことだと思う。けれど嫌いになれないのは、彼女だけが私達の知らないものと闘《たたか》っていたからだ。

彼女が闘《たたか》った病の苦しみはわからないから、華さんを責められない。もし立場が違って私がその病と闘《たたか》っていたのなら、ずるいことをしていたのかもしれない。

「華さんに会わなかったら、素直にならないとだめって知らないままコンビニでバイトして、私の世界は狭い美岸利島で終わっていたと思う」

「あー、それはわかるかも。千歳ちゃん、ひねくれ者レベルが昔より下がったよね」

幼馴染《おさななじみ》だから想いを告げなくても結ばれると思っていた。だから島を出る前の拓海に想いを告げずにいた。言葉にしないと伝わらないものもあると教えてくれたのは、華さんだ。

「ところでさ……千歳ちゃん、美岸利島に帰ったりするの？」

大海の質問に、すぐ答えられなかった。

美岸利島は好きだ。他の場所を知って、美岸利島の魅力を再確認した。私の一番好きな場所だ。でもまだやりたいことを見つけていないから、今のままでは胸を張って帰れない。

「帰らないよ。やりたいこと見つけてないから、まだ札幌で頑張る」

「……兄貴が、美岸利島に帰ってきても？」

その質問に瞳を閉じる。華さんはどんな気持ちで、拓海に別れを告げたのだろう。

私も拓海も大海も、彼女を忘れない。大切な夏だった。あの夏が記憶にあり続ける限り、私と拓海が近づけば罪悪感が生じてしまう。

「拓海と私は、終わったことだから」

「ほんとに？　意地張ってない？　心からちゃんとそう思ってる？」

「……うん」

華さんのお墓が記憶に新しいから、拓海に近づいてはいけないのだと自制する。空港で話した通りに拓海が迎えにきたとしても、私はその手を取れない。華さんの彼氏だった拓海の隣に立つのは覚悟がいる。きっとお互いに傷ついていく。

戸惑《とまど》いが混ざった返答だったけれど、それを聞くなり大海は安心したような嬉しそうな顔をしていた。

「じゃあ、オレが千歳ちゃん家に通《かよ》ってもいい？　大学が近いから、すぐ遊びにいけるし。千歳ちゃんひとりは心配だからさー」

「別にいいけど……遊んでばかりじゃなくて勉強もしろよ大学生」

「はーい！　よかったー、千歳ちゃんも島に帰るのかと思ってたからうれしい！」

華さんの手紙に書いてあったように、拓海はひとりぼっちになるのかもしれない。でも、それを助けられるのは私じゃない。私は華さんの手紙を思いだして呟《つぶや》く。

「生きる希望は……みんながいた美岸利島の日々、か」

だって、終わったことだ。もうみんながいた日々に戻れない。

あの島に帰るのは拓海だけ。

＊　＊　＊

北海道本島の遅い桜も咲き終えて、夏の気配が近づく頃だった。

今日も夕方から叔母の店が開く。繁華街外れのほうにある古いスナックなので店内はぎらぎらとしていないし、やってくるお客さん達も比較的年齢層が上だ。

大海は今でも『千歳ちゃんが心配だよー』と言うけれど、実際にそんなことはない。みんないい人達で、むしろ美岸利島の漁師達のほうが荒っぽかった気さえする。

開店直後にやってきた田中《たなか》さんは、定年退職したあと趣味に没頭している人だ。自慢の一眼レフカメラを提げて、あちこち旅行して歩いているらしい。たまに地元に戻ってくると、こうして叔母の店にやってくる。どうやらふたりは昔からの知りあいらしかった。

「千歳ちゃん。これを見て」

手招きされて田中さんのほうへと向かうと、その手にはプリントアウトされた写真。どれも田中さんが撮ったものだろう。その景色に見覚えがあって、私は「あー！」と声をあげてしまった。

沈んでいく真っ赤な太陽を受けとめる海。古さの残る島の入り口、船着き場。それは私の記憶にある美岸利島と同じだ。

「美岸利島に行ったんですね」

「うん。こないだ千歳ちゃんが故郷の話をしていただろう？　久しぶりに美岸利島に行ってみたくなってねえ」

田中さんは饒舌《じょうぜつ》に、この写真はどこで撮っただの、どの角度がよかっただのと話す。私の実家も知っていたので、わざわざ石階段を上って写真を撮りにいったようだ。

「……懐《なつ》かしい」

写真にある景色はどれも知っているものばかりで気が緩んだ。今はもう見られない田舎《いなか》の情景が懐《なつ》かしい。写真なのに、海の音や風、遠くのほうで鳴くカモメの声まで思いだせてしまう。

「千歳ちゃんは島に帰らないのかい？」

「まだやりたいことが見つかっていないので」

私がそう言うと、他のお客様と話していた叔母がこちらを向いた。

「あんた、まだそんなこと言ってんの」

はあ、とわざとらしくため息を吐いてこちらにやってくる。狭いカウンター内で、私の隣に立って叔母は言った。

「意地張ってないでたまには帰ればいいのに。この子ったら、帰省もしないのよ」

叔母が美岸利島に帰るときにも声をかけられたけれど、私は断った。両親が淋《さみ》しがっていたと聞いても帰る気になれない。そのことを叔母は忘れていないらしく『今時の子って冷たいのねえ』なんて大げさに話している。

「千歳ちゃん、やりたいことは見つかりそう？」

田中さんの問いかけに、私は首を横に振った。これでもいろいろ試そうと、昼間に短期のバイトをしたり、新しい趣味に手を出してみたりと頑張っている。でもどれも続かない。

「今度は資格を取ってみようかと思って。あと昼間に英会話教室へ行こうかなとか……」

「はは。手当たり次第って感じだねえ」

ピンとくるものはなく、続けたいと強く思えるものもなく。そうこうしているうちに時間だけが過ぎていくのだ。

そんな私達の会話に、叔母がため息交じりに言った。

「見つからないと思うけどね」

叔母はグラスに口をつける。薄めたウーロンハイだ。ひとくち飲みこんでから続ける。

「『やりたいこと』って仕事だけじゃないでしょ。あんたが今しているのは現実逃避よ」

「えー……頑張ってるのに」

「あれこれ手を出すけれど続かないのは、気持ちがそこにないから。胸に沁《し》みて、そのことしか考えられなくなるような、情熱を捧げられるものが別のところにあるからよ」

頑張っているつもりなのに、現実逃避と片づけられてしまうのはなんとも納得できない。けれど唇《くちびる》を尖《とが》らせているのは私だけで、田中さんはうんうんと頷《うなず》いていた。

「みんな、美容師とか医者とかかっこいい名前がつくものを手に入れたがるのよ。特別な何かになることがやりたいことだと思いこんでる。確かにそれも大事なことよ。夢を叶えて特別な職業に就く人や、特別な環境を手に入れる人もいる。でもそれだけが『特別』じゃない。もっと小さなところにだってあるんだよ」

そこで、ここまで頷《うなず》くだけだった田中さんの唇《くちびる》が動いた。

「……一生に一度の恋、とか」

田中さんはもう酔ってしまったのか。視線を向けるが、田中さんは真剣だ。

「幸せになりたいって思うことも、大切なことだよ。誰かを幸せにして幸せになりたい、それも大事な『やりたいこと』だから」

「そうねえ。シンプルなもののほうが難しくて、そして後悔しやすいのよ。特別な何かにならなきゃいけないと前ばかり見て、近くの幸せを見逃してしまう」

「特に若い頃はそうだね、うん」

ふたりは妙に意気投合して私に説く。ありがたい話だけど、どう答えたらいいのかわからず居心地が悪い。

所在なげにカウンターに目をやれば、田中さんの左手が気になった。グラスを持つ左手の薬指に銀色の指輪が光っている。ということは結婚しているのか。何度もお店に来てくれるけれど、家族や奥さんの話は聞いたことがない。

田中さんは私の視線に気づいたのか、薬指の指輪を優しく撫《な》でた。

「僕の嫁さんはね、亡くなったんだよ。嫁が生きているうちにたくさん旅行に行けばよかった、写真も撮ればよかった。毎朝目が覚めたら部屋にひとりで、そのたびに後悔するんだ——この指輪は、後悔の証拠だ」

だから、と続けて田中さんはもう一度叔母を見る。

「僕も、君の叔母さんも。みんな後悔ばかりさ。後悔しない人生はないけど、後悔を減らすことはできる。千歳ちゃんも若いうちにやりたいことをやっておくんだ」

「……はい。わかりました」

「特にね、死んでしまったらもう、会えないから」

それを聞いて、華さんのことを思いだした。もう会うことのできない友達。楽しかった日々に戻ることはできず、華さんに会うこともできない。

「……はー。姪《めい》っ子がいい感じに青春してて、眺めているだけで若返りそうだわあ」

「青春って。私もう学生じゃないよ」

「青春に終わりなんてないのよ。みんな、最初から最後まで青春の主役なの」

叔母は笑って、私の肩を優しく叩《たた》いた。

私のやりたいことは、見つかるのだろうか。テーブルには田中さんが見せてくれた美岸利島の写真が残っている。視界の端にあるだけで懐《なつ》かしく、胸の奥が苦しい。

そして私達は、それぞれの道に進む。青春の青い香りを忘れてしまうぐらいに前だけを見つめて。

季節は巡る。華さんが亡くなってから二回目の夏が近づいていた。

間章　好きでいるのも諦めるのも難しく

美岸利島の奇跡。美岸利島のヒーロー。誰かの生きる希望。

知らぬ間に付けられた称号にうんざりする。ただの『鹿島拓海』だと叫んだところで誰も聞き入れてくれない。そこまで持ちあげられるほどの人間じゃない。

俺は、最低な男だ。

好きなものがあっても、それを好きであり続けることは難しい。自分がそれを好んだところで周りが許してくれるとは限らない。

それが野球だった。好きな野球を、好きなだけ楽しむことが当たり前だと信じて疑わなかった。でも成長するにつれ、それは難しいのだと学んだ。周囲の視線、無言の圧力。

幼い頃から抱いていた甲子園でホームランを打つという夢は、期待と責任がのし掛かって自分だけのものじゃなくなる。誰かの願いが託《たく》されれば、潰されそうなほどに重たい。

このときの重圧は何年経《た》っても頭から消えなかった。

スマートフォンを手に取ると、時刻は二十二時を過ぎていた。もうすぐ販売開始になる商品の資料を読むのに没頭していて、気づけばこんな時間になっていた。明日は早朝から港に行く予定だ。早めに寝たほうがいいとアラームをセットしようとし、新着メッセージに気づいた。

メッセージの送り主は、リトルリーグで一緒だった友人だ。高校卒業後は美岸利島に残って配達業をしている。友人からのメッセージには『今度の日曜日、空いてるなら試合に出てくれないか』とあった。

島にはリトルリーグチームの他、社会人で構成した草野球チームがある。年齢層は幅広く、時には美岸利中学校の野球部と試合をすることもあった。友人は高校卒業後も野球を続けているらしく、こうして草野球に誘ってくる。美岸利島初の甲子園出場を経験した俺を、どうしても呼びこみたいらしい。何度断っても諦めてもらえない。

野球は好きだ。体に染みつくほど好きだ。だけど、俺は最低な人間だと責められているようで怖くなる。今は近づくことさえしたくない。

考え事をしていると手中のスマートフォンが光った。大海からの着信だった。いつもはメッセージのやりとりなのに、電話なんて珍しい。不思議《ふしぎ》に思いながら電話を取る。

『うわ。すぐに電話出た』

「起きてたら悪いか」

『かけても出ないかなって思ってたからびっくりしただけー。そんな怒らないでよ』

「怒ってねーよ。それで用件は」

スマートフォンを耳に当てたまま立ち上がる。夏が近づいているというのに、北国の夜は冷える。開け放った窓から肌寒い風が入りこんでいたので窓を閉めようとし、それと同時に大海が言った。

『……千歳ちゃんのこと』

出てきた名に息を呑《の》む。窓の外には嘉川家が見えている。千歳の部屋は電気がついていない。あいつは、札幌にいるから。

「メッセージに書いた通りだ。今度の夏、札幌に行く」

『うん……それはわかってる。でも兄貴と少し話がしたくて』

大海のまごついた物言いが引っかかる。千歳のことと言いながら、俺と何の話がしたいのか。苛立《いらだ》ちながら「なんだよ」と問うと、大海は声のトーンを落として呟《つぶや》いた。

『ごめん』

「何に謝ってんだよ」

『兄貴が来ること、まだ千歳ちゃんに言ってない。言おうとしたけど言えなかった』

それは予想外の行動だった。嬉々として『千歳ちゃん聞いてよ、兄貴がこっちに来るって』と話す大海を想像していたのだ。大海が言えなかったことはもちろん、謝罪するときの弱った声もらしくない。

「何かあったのか？」

『……貸しひとつ、って話、覚えてる？』

「ああ、覚えてる。俺が空港で千歳と話せたのは大海のおかげだ」

それは去年の春、千歳と大海が華の墓参りに行ったときのことだ。

大海から『お墓参りのため千歳ちゃんと本州に行きます』と連絡がきたときは驚いた。そのときは俺も本州にいたからだ。大海本人は偶然だと言っていたが、おそらく狙っていたのだと思う。慌《あわ》てて連れ出された千歳は大変だったに違いない。

たくさん傷つけたとわかっていても、千歳のことが忘れられず、会いたくてたまらなかった。だから大海に連絡をし、少しでいいから千歳と話をさせてほしいと頼んだのだ。

「あのときの借りを返せってことか？　俺は何をすればいい」

『……それは大丈夫。全自動返済システムだから、兄貴の知らない間に返済終了』

「はあ？」

何のことかわからず、素《す》っ頓狂《とんきょう》な声が出た。けれど電話の向こうにいる大海は変わらず暗い様子だ。

『あのさ、千歳ちゃんのことを好きなのって兄貴だけじゃないんだよ』

「なんだよそれ、初めて聞いたぞ」

『……やっぱり気づいてないよね、さすが鈍感兄貴』

千歳のことを好きなやつが他にもいるなんて、一度も聞いていない。可能性のありそうなやつを思い浮かべる。小学校、中学校の同級生。高校は別だったからわからない。

「そいつは、美岸利島にいるのか?」

『ううん、札幌にいる――ってほんとに心当たりないんだね。ドン引きだよ』

「うるせーな。勝手に引いてろ」

そこで浮かんだ。

札幌にいて、千歳のことが好きなやつ。先ほどの沈んだ声――ひとつの可能性が浮かんだ。

俺と大海は兄弟だけど、背の高さや得意なものは異なる。俺は運動が取り柄で、大海の得意なことは勉強だった。大海は俺と違って、子犬みたいに可愛《かわい》くてモテそうな顔をしている。得意なものは違っていたが、好きなものはいつも似ていた。好きな色、好きな野球選手、好きな場所。だから大海が千歳を好きかもしれないと気づいても驚きはなかった。

「……そういうことかよ」

『気づくの遅くない？』

「俺、鈍感らしいからな」

否定しないということは、間違いない。こいつも千歳のことが好きなのか。

『でも諦めてたんだ。千歳ちゃんが兄貴を好きなの知ってたから、応援しようと思ってた――でも兄貴が華さんを連れて帰ってきたから、諦めていいのかわからなくなった』

「俺が華の彼氏だったからか」

『そう。兄貴が彼女を作った今なら、オレにもチャンスがあるかもしれないって思った。諦めたかったのに、諦められなくなった』

首の裏にぴり、と痛みが走った。大海と千歳は札幌にいる。俺の知らないところでふたりは付きあっているのだろうか。

いつか千歳を迎えに行くとき、もしかしたらすでに恋人がいるかもしれないと想像したことがある。そうなっても仕方ないほど俺は千歳を傷つけたのだから仕方ない。そう割り切っていたのに、話を聞いて、千歳の隣に大海がいることに苛立《いらだ》っている。

「で、なんだよ。お前らが付きあってるから札幌に来るなって言いたいのか？」

『兄貴、イライラしてるでしょ？　でも残念。そんなハッピーな展開にはなってません。

千歳ちゃんに恋人はいないよ。作ろうともしてない』

そう聞いて、体の力が抜ける。知らないうちに緊張していたらしい。ベッドに腰かけて安堵《あんど》の息を吐く。

『兄貴がいない隙《すき》に奪っちゃえ、なんて思ったけど、うまくいかなかった。どうしたら千歳ちゃんに振り向いてもらえるかなあ』

「俺に聞くなよ」

しかし大海の行動がわからない。千歳をかばって俺を殴ったり、札幌まで追いかけたりといった行動には好意が潜《ひそ》んでいたのだとわかる。なのにこいつは、俺が千歳と話したいと頼んだときは、応援するように取り計らった。

「それで、お前は何がしたいんだ。俺に千歳を諦めろって言いたいのか？」

『そう言えたらよかったんだけどさ。千歳ちゃんの気持ちはわからないでしょ』

「……まあな」

千歳の気持ちはわからない。千歳に告白されたけれど、あいつが今も俺のことを好きかはわからない。嫌われたって仕方ないことばかりしてきたから、文句は言えない。

スマートフォンを通じて、大海のため息が聞こえた。茶化すような余裕もなく、切羽詰まった声音《こわね》で大海が言う。

『オレ、疲れちゃったんだ。小さい頃からずっと、期待したり諦めたり、振り回されてる。今だって千歳ちゃんのそばにいるのに、こっちを見てもらえない。それに疲れた』

泣いてはいない、けれど泣きだしそうに暗い。よく知っていたはずの弟が、切ない感情を秘めていたのだと初めて知った。

『だから兄貴への貸しをここで使わせて。オレ、最後の賭《か》けをしたいんだ。兄貴がこっちに来る前に、千歳ちゃんに告白する。もし千歳ちゃんがオレを選んだら、兄貴には絶対会わせない。でも兄貴を選んだら、待ち合わせ場所を伝える』

目を閉じ、考える。

好きなものを好きであり続けることが難しいように、好きなものを諦めるのも難しい。

あの日の、バーベキューのあと、石階段で告白されたときの千歳もそうだったと思う。

俺のことを好きだと告げる瞳の奥に、夕日よりも切ない色を浮かべていた。今すぐに抱きしめたくなるような焦がれた想いを覚えている。諦めるのは難しく、千歳もそれと戦っていたのだと今ではわかる。

そして最後の賭《か》けに出る大海は、簡単に諦められないほど千歳が好きなのだろう。

「……わかった」

最後の賭《か》けになるのは大海だけじゃない。俺もだ。千歳に拒絶されたら、好きなものを諦めなければいけない。

『え。あっさりしてるじゃん。ほんとにいいの？』

「ああ。貸しひとつ、だから」

俺が答えると、大海が笑った。

『……ありがと』


俺は最低な男だ。だからこそ、これ以上後悔したくないと決めた。

高校三年生、最後の夏。打てなかったときの悔しさが残っている。

『ホームランを打たないと華が泣くぞ』『今日も打たないとな』『お前が頼りだ』

野球部のやつらがからかう声は今も耳に残っている。俺が打たなければ華が前を向かないかもしれないと思うと、甲子園出場を賭《か》けた地方予選決勝よりもずっと緊張した。

その結果は情けないもので、チームメイトの顔を見ることが怖かった。試合が終わって落ち着くと、チームメイトのひとりが俺に言った。

『鹿島。宇都木との約束どうすんだよ』

にたにたと笑みを浮かべていたそいつは、これから華が来ることを知っていたのだろう。責任ってどう取ればいい。その結論が出る前に、華が現れた。

『たっくん、試合お疲れ様！』

『約束、守れなくてごめん』

『じゃあ、甲子園の約束を守れなかった代わりに、新しい約束をしてほしいの』

『なんだよそれ』

『わたしが死ぬまでの間、付きあってほしい——ねえ、だめかな？』

公開告白に立ち会うこととなった部員達が色めきたつ。誰かが俺の肩を小突いた。

頭に美岸利島が浮かんだ。千歳がいる。待っている。あいつと約束した。

『悪い、俺は——』

故郷で待っているやつがいるから、と言いかけたものの、その言葉は遮《さえぎ》られる。

『そこで断ったら最低だろ』

『責任とって付きあえよなー』

本心で言っているというよりも、この場を楽しんでいるだけの野次。けれどそれはじゅうぶんに俺を追いつめた。

生きる希望を託《たく》した約束は叶えられなかった。重い病で苦しむ華に少しでも前を向いてほしかったのに、俺は打てなかった。だから責任を取らないといけない。これを断れば、みんなの前で告白をした華を傷つける。チームメイトからも責められる。

『お、れは――』

声が震えた。目には見えない透明なもので首を締めつけられているような気がした。甲子園で味わった苦さはまだ口中に残っている。好きだったはずの野球が自分の身を縛りつけていく。記憶にある美岸利島の景色は濁《にご》り、千歳の姿もぼやけていった。好きなものを好きであり続けることは難しい。野球も千歳も。

『……わかった』

重圧を振り切れず、千歳を諦めるしかなかった。自らが招いたことなのだから、責任を取って、島に戻ったら千歳に謝罪しようと決めた。

だけど、それはうまくいかなかった。諦めることも簡単じゃない。

俺は華の彼氏だと自分に言い聞かせても、体に染みついた癖《くせ》のように、千歳の姿を目で追ってしまう。あいつの隣に行きたくなる。話がしたくなる。手を伸ばしたくなる。だめだとわかっているのに止めることができない。バス停で雨宿りをしたときに、それを自覚した。無意識のうちに触れてしまいそうになる。千歳が好きで、その感情を封じられなかった。

俺が野球をしていなかったら。甲子園で打っていたのなら。俺は堂々と千歳の前にいられたのだろうか。

華のことは好きだけれど、それは恋愛の好意ではなかった。俺は『生きる希望』なんて格好いい名前をつけられるような男じゃない。中途半端《ちゅうとはんぱ》なことをし、華も千歳も傷つけた俺は本当に最低な男だ。

華との思い出は苦く、だからこそ今度は後悔せず生きようと決めた。諦めることが難しいのなら、堂々と、好きなものを好きであり続ける。そんな生き方をしていたら、またいつか野球がしたいと思える日がくるかもしれない。

最後の賭《か》けは夏の香りがする。あいつを迎えにいく日まで、あと少し。

第五章　泡になって、さよなら

暑すぎる夏がやってきた。大海は大学二年生になって今日もパソコンとにらめっこしているし、私も相変わらず叔母の店で働いていた。勤務時間が夜なのはありがたいもので、昼間は自分の好きなことに費《つい》やせる。

今日はテーブルにふたり向かいあって、パソコンを開いてそれぞれ作業中だ。

「……あちー。この家にクーラーつけようよー」

「そんな高級品ありません。文句を言うなら駅前のコーヒーショップへどうぞ」

「うえー、いじわるー」

真夏なので部屋はサウナ状態だ。大海も私も首にタオルを巻いて、暑さと闘《たたか》っている。クーラーはないので、窓を開けて扇風機をつけるぐらいしかできない。

レポートを書くと宣言してノートパソコンを開いたものの、飽きてしまったらしい大海が私のパソコンモニターを覗《のぞ》きこんだ。

「千歳ちゃんは今何してるの？」

「今度取る資格の勉強」

「やりたいこと探しだっけ。どう、今度はハマれそう？」

いろいろなものを試してはみたけれど、どれもしっくりこない。心の半分をどこかに置いてきてしまったように、入りこめないまま。

「どうだろ。勉強してるときからなんか違うなって思ってる」

「ええー……それ、楽しい？」

「それなりに。で、大海のほうはどうなの。楽しいレポート作業は進んだ？」

「つまんないに決まってるじゃん！　レポートだらけでヤダヤダ」

今日だってレポートをするからと、ノートパソコンを抱えて我が家にやってきたというのにこの始末だ。たまにスピーカーから軽快な音楽が流れてくるので、レポートをやらずに動画を見ているらしい。

突っ伏して不貞腐《ふてくさ》れている大海のため、コーヒーを淹れるべく立ち上がる。すると、その背がゆらりと動いた。

「オレ、合コンに誘われてるんだよねー」

「よかったじゃん。楽しんできなよ。いい子が見つかるかもしれないよ」

「んー……千歳ちゃんは合コン肯定派？」

「いいと思うけど。彼女ができたら学生生活も楽しくなるよ。ちゃんと紹介してよね、大海の面白昔話たくさん語ってあげるから」

　合コンというのもまた青春でいいなと思う。私が味わったことのないものに、大海が飛びこんでいるのだ。応援したくなる。

　しかし大海の表情はあまりよくなかった。合コンを快く思っていないのか、不満の色が顔に浮かんでいる。行きたくないなら断ればいいのに。大海の様子を窺《うかが》っていると、おずおずとその口が動いた。

「千歳ちゃんは、彼氏が欲しくならないの？」

　考えたことはある。彼氏が欲しくならないの？……

　恋人の有無をよく聞かれる。恋人がいたっておかしくない年齢だし、叔母の店で働いていると恋人の有無をよく聞かれる。そういう人がいれば、生活はもっと楽しくなるだろうと考えたことは何度もある。

　けれどいつも同じ答えに行きついていた。

「今は……いらないかな」

　恋人にするならどんな男性がいいのだろうと想像して、ぼんやりと浮かぶ男の姿は、私にとって思いだしたくないものだった。背は高いほうが好きだし、髪は短くていい。何なら坊主がいい。野球が好きで、朴訥《ぼくとつ》とした男。

特徴はどれも、ひとりに結びついていて。だから私に、恋愛はまだできない。

「それ、ずっと前から言ってるじゃん。そういうところ千歳ちゃんらしいけどさ……」

大海が苦笑し、諦めるような納得するような、不思議《ふしぎ》なトーンで呟《つぶや》いて机に突っ伏す。

「今日の大海、変だよ。うじうじしてるっていうか、何か隠してるっていうか」

「隠してる……かもしれない」

「何かあるなら言いなよ。じゃないと我が家から追い出す」

「えー！　ひどい」

軽口を叩《たた》いていてもやはりおかしい。空元気《からげんき》という言葉がぴったりで、言い終えるとまた沈んだ表情に戻ってしまう。

そういえば、と思い返す。大海の様子がおかしいのは今日だけじゃない。最近はずっと、何かを考えている。いつからだろうと思い返し、本棚の上の卓上カレンダーに目をやる。明日の日付に赤い丸印がついていた。

「……明日って、何があるんだっけ」

明日は大海に誘われていた。予定を空けてほしいと頼まれ、仕事も休みを入れている。でもどこに行くのか詳細は聞いていない。大海の様子がおかしくなったのはその話をした頃からだ。自分から誘ったくせに、その日が来るのを怖がっているように見える。

「明日は……ちょっとお出かけ、かもしれない」

「なのに暗いの？　行きたくないなら行かなければいいじゃん。どこにお出かけなのかは知らないけど」

「行きたくないってより、行ってほしくない……って感じかも」

やはり大海は元気がなさそうだ。そんなに暗くなるのならば、誘わなければいいのに。

「オレも、何がしたいのかよくわからない。明日が来るの怖いんだよね」

「何それ」

「終わっちゃうような、終わったほうがいいような。複雑な気持ち」

そうぼやいて顔を上げる。どんよりとしたまなざしが、私をまっすぐに捉《とら》えていた。

「千歳ちゃんはどっちを選ぶんだろ」

「はあ？　さっぱりわからない」

「……うん。だめだ。気分変えよう。ちょっと先延ばし」

どうやら大海の悩みごとは終わったらしく、明るい表情に戻って座り直している。今度は背筋をピンと伸ばしていた。

「ねー。何か気分転換できるものない？」

「レポート片づければいいのに。まったく」

呆《あき》れながらも大海相手には甘くなり、気分転換になるものを探してしまう。姉が弟を可愛《かわい》がるようなものだ。そこでテレビが目についた。この時間ならニュースや再放送のドラマをやっているはず。リモコンに手を伸ばし、電源をつけた。

「気分転換にテレビでも見ようか……あ」

通電して、黒い画面がカラフルになる。そこに映っていたのは夏の定番こと高校野球、甲子園。打撃用ヘルメットをかぶった男の子が、バッターボックスに立っている。

心臓の音がひときわ大きく聞こえた。その映像は簡単にあの夏の出来事を思いださせてくれる。録画した試合を何度も繰り返し見ていたから、甲子園の背景だけで簡単にそれが蘇《よみがえ》る。あいつが追いこまれていると気づかずに試合を見ていた、美岸利島の日々。

私の手はリモコンを持ったまま、動けない。さまざまな思い出が体中を駆け巡る。

「甲子園の季節だもんねー」

大海が言って、我に返った。

これはよくないものだ。慌《あわ》ててチャンネルを変える。

ブラスバンドや観客達の声は一瞬で消えて、真珠のネックレスを紹介する通販番組に切り替わった。特に興味はないけれど高校野球中継でなければ、どれでもよかった。

そんな私に対し、大海は何か言いたげな目を向けていた。けれど、いくら待っても続きの言葉は飛んでこない。そのうちに大海が立ち上がった。

「……暑くてダメだからシャワー借りるねー」

「自分の家で入ってください」

「やだよ。ガス代節約したいじゃん？」

「あんたねぇ……まあいいけど、さっぱりしたらレポート終わらせるのよ」

「はーい。あ、千歳ちゃん、覗《のぞ》かないでよ」

「誰が覗《のぞ》くか。むしろ浴室に閉じこめてやる」

ほぼ毎日遊びにきているからか、大海は我が家のことをよく知っていて、勝手に荷物だって置いていくほど。今更浴室を使われたところで大海相手だから動じることもない。

その姿が風呂場に消えて、ひとりになった部屋でじっとテレビを見る。通販番組は真珠のネックレスから別のものに変わっていたけれど、どこか遠くで甲子園の音が聞こえている気がした。ほんの一瞬見ただけで、頭は美岸利島の日々のことばかり考えている。思い出したくないからと遠ざけて過ごしていても、予想外の出来事でスイッチが入って蘇《よみがえ》る。バットを構えた選手の真剣な顔は、あの日の拓海によく似ていた。

叔母の店で働いていると嫌でも恋人の話になって、中には紹介するよと言ってくれる人もいる。叔母もそろそろ探せとぼやいている。彼氏を作れば楽になるのだろうか。

想像はしている、しているのに、動けない。心にぽっかりと穴が空いていて、一度でもそこに触れたら思い出に落ちてしまう。前になんて進めなくなる。

テレビを消して、膝を抱えた。ひとりでいるとき、何度こうして過ごしただろう。大海に見せられない弱々しい姿が、シャワーの音が聞こえる今なら許されている。

膝を抱えていても泣きそうになっても、私はひとりだ。

そのとき、ごとん、と物音がした。その音は本や雑誌を並べたカラーボックスからだ。本を詰めすぎたせいで溢《あふ》れるように一冊飛びだし、それによって雑誌も崩れている。雑誌を捨てるか新しい本棚を作らなきゃだめだと考えながら、飛びだした本を取った。

それはいつだったかに途中まで読んだ、青春恋愛の小説。夏休みの読書感想文で、拓海の甲子園の様子を聞きながら読んでいた本。

「──なんで、これが」

読み進めることも捨てることもできなかった。登場する女の子は華さんに、男の子は拓海に似ていたから。私の立ち位置は脇役で、ヒーローと結ばれることはない。それを示すようなこの本を手放せないまま、ここに仕舞っていたのに。

そういえば、この話はどんな結末を迎えるのだろう。

急に湧《わ》いた好奇心から、ページをめくる。そして、どうせハッピーエンドになるのだからと怖くて読めないままでいた物語の着地点を読む。

「……え？」

拓海と華さんのようだと思っていた物語は、想像と異なる終わり方をしていた。

病に苦しんでいた女の子とそれを支えた男の子は将来を誓いあう。生きる希望を見出すけれど女の子を蝕《むしば》む病は深刻で、来世は幸せになることを夢見て共に死ぬ。心中の結末だ。綺麗《きれい》な物語は、綺麗《きれい》だけれど淋《さみ》しさを抱えたまま終わりを迎えていた。

死ぬ。死。どれだけ希望を見出しても、やりたいことがあっても、あっさりやってくる死というもの。生きると誓った華さんを簡単に連れていったもの。

急に寒気がした。これが手元にあることが恐ろしく感じた。まるで拓海と華さんのようだと思っていた本の、結末がこれだなんて。

慌《あわ》てて本を閉じ、元の位置に戻そうと本棚に押しこむ。けれどみちみちと詰まった本棚にはなかなか戻らない。本をぜんぶ取りだしたほうが早いかと考えたところで――大海のスマートフォンが鳴った。

淡々と繰り返す電子音。浴室からシャワーの音が聞こえているので、持ち主は気づいていない。液晶には『実家』と表示されていた。着信音は鳴り続け、そのうちに切れた。

「大海、着信が入ってたよ」

スマートフォンを手にしたまま、バスルームへ向かう。声をかけるとシャワーの音が止まって、大海が返事をした。

「誰から?」

「あんたの実家。今は電話切れて——」

言い終えないうちに、スマートフォンが再び光る。先ほどと同じく『実家』からだ。

「またかかってきてる」

連続する着信に、違和感《いわかん》があった。けれど返ってきたのは呑気《のんき》な返事。

「じゃあ、千歳ちゃんが出ておいてー」

大海の両親はよく知っているけれど、勝手に出ていいものか。美岸利島を出てから大海の両親どころか、自分の親とさえ会っていないのに。でもなんとなくこの着信が怖い。

不安に駆られ、通話ボタンを押した。

『大海⁉』

聞こえたのは大海のお母さんの声で、慌《あわ》てている様子だった。

「えっと……お久しぶりです、千歳です。大海は電話に出られなくて」

『千歳ちゃんね⁉　あのね、すぐ大海に伝えてほしいんだけど——』

震えて、今にも泣きそうな声で、大海のお母さんが言う。

『拓海が事故にあったの』

この世の音が消えて、床は溶けて、力が抜けたようにその場にすとんと座りこんだ。かろうじて残っている力はスマートフォンを握る手に集約し、それ以外のあらゆるものが失われているような錯覚がする。大海のお母さんの声だけが鮮明に聞こえていた。

『明日のため港に向かおうとして、その途中で車に撥《は》ねられたの。車道に飛びだしたおばあさんをかばったみたいで』

声を発するにも体を動かすにも、酸素が足りていない。気づけば呼吸は浅く短く、視界はぐるぐると回っていて、『拓海が事故にあった』という言葉だけが何重にも響いて残っている。

『頭を強く打って意識不明の重体なの。だから大海に――千歳ちゃん、聞こえてる？』

死、ってどういうものかわからない。だって私は生きているから。けれど残された人のことだけはわかっている。ひとり残されて、どれだけ待っても戻ってこない。淋《さみ》しさの中、残っているのは記憶しかない。

記憶しか残らない。死って、もう会えなくなる。

華さんのことを思いだした。この世界中どこを捜しても華さんはいない。会いたくなっても、話したくなっても、華さんはどこにもいない。私の記憶にしか残っていなくて、でもその記憶だって年月と共に霞《かす》んでいくのかもしれない。

『死ぬってもう二度と会えないんだね』

『特にね、死んでしまったらもう。会えないから』

じゃあ拓海が、死んでしまったら。この世界から拓海がいなくなる。

二度と、拓海に会えない。

いつの間にかスマートフォンは床に落ち、通話は終了していた。

ゆるゆると全身に力が戻ってきて、私は立ち上がる。頭はまだ真っ白で、覚束《おぼつか》ない足取りでクローゼットへ。カバンと財布とそれから——手にしたものを次々カバンに仕舞いこんでいると後ろから大海の声がした。

「何か、あったの?」

「あ……」

「何そのカバン。ポケットティッシュ何個詰めてるのそれ」

腕を掴《つか》まれて、その温かさが体中に沁《し》みわたる。他人の体温を感じて、生きていると思った。冷えて動かなかった思考がようやく動きだすと、大海の言う通り、カバンの中はぐちゃぐちゃになっていた。

大海の髪はまだ濡れていて、ぽたぽたと水滴が床に落ちている。垂れた前髪の隙間《すきま》から鋭い瞳がこちらを見つめていて、次に発された声も真剣なものだった。

「兄貴に、何かあった?」

「ど、どうして、それ」

「千歳ちゃんをここまで慌《あわ》てさせるの、どうせ……兄貴でしょ……」

言い終えるより先に、掴《つか》まれた腕がぎりと痛んだ。その力の強さはいつもへらへらと笑っている大海には不似あいな荒々しいものだった。

「……拓海が事故にあって、意識不明の重体って」

大海の瞳が見開かれた。表情は一瞬にして失われ、ぴたりと動きも止まる。

「は……兄貴……なんで……」

髪をかきあげる指先は震えていて、動きはぎこちなく、荒っぽさも感じられる。困惑、動揺、心配。そういった感情がこちらまで伝わってきて、焦燥感に駆られる。

「だから、大海も行こう」

「行くけど……でも、待って」

大海のことだから、すぐに行こうと準備するはずだと思っていた。けれど焦る様子はなく、それどころか苛立《いらだ》っている。こちらをきつく睨《にら》んで、大海が言った。

「どうして千歳ちゃんも来るの? 帰らないって言ったのは千歳ちゃんなのに、島に帰ろうとしてた？」

　体が震えた。

　拓海にもう会えないかもしれない。そう考えたとき、反射的に島に帰ることを思い浮かべた。そのために荷物をまとめていた。

「兄貴と千歳ちゃんは終わったんでしょ？　今更会ってどうすんの」

「あ、私は……」

「兄貴の恋人は華さんだよ。今更千歳ちゃんが会いにいったら、まるで華さんが死ぬのを待っていたみたいじゃん」

「っ、そんなこと！　誰も待ってなんか――」

　会いにいけば、周りの人達は大海と同じように考える。華さんが死んだから島に戻ってきたずるい人だと軽蔑《けいべつ》されるだろう。そのことは拓海だってわかっていたと思う。だから空港で会ったとき『後ろ指をさされてもいい、守れるようになりたい』と言っていたのだ。

　そうだ。素直になると拓海は宣言していた。なのに私は、華さんのことがあるからと意地を張っていた。華さんの彼氏だった拓海と会って、他人から罵られることを恐れて、自分の気持ちに背を向けていた。

呆然と考えている間に、大海が私の腕を引いた。

「千歳ちゃん、おねがい」

泣きそうな声は、近くから聞こえてきた。伝わる熱から大海に抱きしめられているのだとわかった。

「お願いだから、島に戻らないで。兄貴じゃなくてオレを選んで」

背に回った腕に力が込められている。咄嗟《とっさ》に悟った。

大海は私にとって、もうひとりの幼馴染《おさななじみ》。だけど伝わる熱はその関係を超えている。

いつだって大海はそばにいた。拓海が島を出ているときだって、そばにいたのは大海だ。華さんとの関係で傷ついていく私を気にかけてくれたのも彼だった。

この腕の中にいるのは心地よい。傷つかずにいられる場所はここかもしれない。

けれど――ここに留まれば、私はまた自分の気持ちに嘘《うそ》を吐くことになる。

やっぱり、拓海に会いたい。

「……ごめん」

そう告げると、大海の腕がびくりと震えた。

「誰かに軽蔑《けいべつ》されてもいい、最低だって怒られてもいい。この世界ぜんぶから嗤《わら》われたっていい。拓海に会いたい」

「兄貴は、華さんの彼氏だったんだよ」

「わかってる。もしかしたら今の拓海は他の子が好きかもしれない。また傷つくかもしれない。でもいいの。会わなかったら後悔する。もう後悔したくないの」

封じた、終わらせた。拓海を好きでいることはつらくて、拓海のことを考えると胸が張り裂けそうになる。拓海を好きでいることはつらくて、忘れようとしてもつらくて。恋愛がこんなに苦しいものだと知りたくなかった。でも。

「私は島に帰る。拓海に会いにいく」

言い終えると、腕から力が抜け、大海が一歩引いた。そこにあるのは諦めのような、複雑な表情。

「……ま、わかってたけどさー」

そう言って大海はテーブルに向かう。こちらを見ることはしなかった。

「本当は明日、兄貴が来るはずだったんだ。兄貴は千歳ちゃんを迎えにいこうとしていて、今日島を出て、明日ここに着く予定だった」

それを聞いてはっとする。カレンダーの明日、赤い丸印はこれだ。拓海は札幌に来ようとしていた。大海は知っていて、予定を空けるように言っていたのだろう。

「千歳ちゃんのためを思えば、兄貴に会わせるべきなのに、会ってほしくない気持ちもあってさ。だから……ごめん。矛盾してるね。オレも何してるんだかわからない」

「それで明日の話になったら暗くなってたの？」

「うん。明日になるのが怖かった。このままの関係が続いてほしいけど、終わらせないとつらいだけで――事故なんて想像してなかったけど」

大海はテレビのリモコンを手に取る。チャンネルを変えて映し出されたのは高校野球中継。それをぼんやりと眺めながら続けた。

「兄貴は、優柔不断で何考えてるのかわからなくて情けないやつだけど……格好いいんだよ、尊敬してる」

テレビに映る試合は九回裏ツーアウト。ピッチャーが放った球はそのまままっすぐ抜けて、ミットの中に姿を消す。それはひとつの夏が終わることを示していた。野球場に散っていた選手達が集まり、泣いたり笑ったりとさまざまな表情が二列に並んだ。そして響く、甲子園のサイレン。誰かの夏が終わる音。

「夢を叶えて甲子園に行って、幼馴染《おさななじみ》の女の子が待っていて――羨《うらや》ましかった。オレが兄貴だったら千歳ちゃんを悲しませないのにって何度も考えた。でも違うんだよな、千歳ちゃんは兄貴と幸せになりたくて、オレじゃ何もできない」

「何もできないなんて違う。私は大海に助けられたよ」

「でも、オレが好きな千歳ちゃんの笑顔は、兄貴がいるときじゃないと見られない」

テレビに流れる甲子園中継を眺めたあと、大海はこちらを向く。彼は笑っていた。

「前に、千歳ちゃんから借りた本のこと覚えてる？　兄貴と華さんみたいだ、って言ってた泣ける恋愛物の本」

頷《うなず》いて本をちらりと見る。本棚に戻す前に電話に出てしまったので、床に置いたままになっていた。

「千歳ちゃんは兄貴と華さんが物語に出てくる主役だって言ってたけど。オレにとっては、兄貴と千歳ちゃんが主役だったよ、ずっと昔から」

「……大海、ごめん」

「謝らないで。これでいいんだ。千歳ちゃんも兄貴も好きだから、このふたりならオレも諦められる。大好きなふたりに幸せになってほしいから」

そう言って大海は立ち上がり、私のカバンに物を詰めていく。

財布、スマートフォン、充電器など普段持ち歩いているものが手際よく詰められ、ぐちゃぐちゃになっていたカバンの中が整っていく。

「できたよ。島への行き方はわかる？　電車とバス乗り継いで船着き場へ。でも船出る時間は終わってるから明日の便かなあ。船着き場の近くで一泊ホテルの予約を取ったほうがいいかも」

「大海は？　一緒に行こう」

「支度してから向かうよ。オレは一回家に戻るから、千歳ちゃんは先に向かってて」

「……わかった。大海、ありがとう」

「どういたしまして。もし兄貴の隣にいるのがつらくなったり、泣いたりしたときはいつでも相談してよ。オレ、話聞くからさ」

それからとん、と優しく背中を叩《たた》いた。

「頑張れ、千歳ちゃん」

私は大海をたくさん傷つけてきたのだろうか。その声音《こわね》からわざと明るく振る舞っているのがわかって振り返りたくなった。でもそのほうがもっと傷つけてしまうのかもしれない。だから前を向いて、歩きだす。

「……長い、延長戦だったなあ」

大海のひとり言が聞こえた。少し声が震えているような気もする。

華さんと出会った夏――何度も夏が来たけれど、試合終了のサイレンは鳴っていない。私達の夏は、青春は、まだ続いている。

「大海……ごめん。ありがとう」

その呟《つぶや》きが彼の耳に届いていればいいと願った。

＊＊＊

恋愛に苦しさなんてないのだと信じていた。誰しもが幸せになるのだと思っていた。

こんなにも傷つけあうものだと、必死にならないと手に入らないものがあるのだと知らなかった。

波が寄せて返すように惹《ひ》かれあうだけでは足りなくて、海に飛びこんで掬いあげる勇気が必要なのだろう。手中に入ってくるのが当たり前だと防波堤《ぼうはてい》に寝転んでいるだけじゃ、手に入らない。

美岸利島の船着き場は、私が島を出ていった二年前の夏からほとんど変わっていない。拓海が帰ってきたときのような騒《さわ》がしさはないものの、夏休みシーズンであることもあってか港は普段より人が多い。

船を下りるなり、私は走った。

住んでいた頃は自転車で移動していた坂道を、走る、とにかく走る。息があがって苦しくなっても、とにかく急いで拓海のところに行きたかった。

拓海がいる病院は本町だ。走るよりも実家に寄って自転車を取ってきたほうが早い。

ゆるやかなカーブを曲がって、拓海とふたりで寄ったバス停の前を通り抜ける。あの日は雨が降っていたけれど今日は晴れていて、バスもまだ通っている。あの日のように静かで閑散《かんさん》としていない。

それからふたりで帰り道に寄った石階段。私の前に拓海が座って、よくアイスキャンディを食べていた場所。二段飛ばしなんて格好つけられるほど足は長くないので一段ずつ。振り返って景色を見る余裕はなかったけれど、今日も野球場に誰かいるのだろうと思った。

実家の玄関扉を開けてカバンを放り投げる。踵《きびす》を返して外の自転車置き場へ。そこで気づいたらしい母が飛びだしてきて叫ぶ。

「千歳⁉　あんたいつの間に帰って――」

「あとで！」

両親とはたびたび連絡を取っていたとはいえ、会うのは二年ぶりだ。けれど挨拶《あいさつ》する時間が惜しくて、私は自転車に乗ってそのまま走り去る。振り返る余裕はなかった。

自転車を押して石階段を駆け下りる。

下に着いたら再び自転車を漕《こ》いで激走。この道だって拓海と何度も通った。夜の帰り道をふたりで歩き、同級生に見つかったときの気まずい気持ちを思いだして苦笑する。

少し走ると懐《なつ》かしいコンビニが見えてきた。コンビニを見ていると、華さんを思いだしてしまう。私が働いているときにやってきて、ふたりでいろいろな話をした。けれど華さんは亡くなってしまったから、もう二度と会うことはできない。

私が拓海に会いにいくことは、いいことなのだろうか。華さんと拓海の関係を知る人達は、私の行動を軽率だと責めるのかもしれない。それでも拓海に会いたかった。後ろ指をさされたとしても後悔したくない。

コンビニを通りすぎようとしたところで、偶然扉が開いた。箒《ほうき》と塵取《ちりと》りを持った店長が出てきてこちらを見る。目を瞬《しばた》き、大きな声で叫んだ。

「ち、千歳ちゃん⁉ なんでここに」

「あとで寄ります！」

自転車で走り抜ける。振り返ると、店長が道路まで出てきてこちらを見ていた。

店長ごめんね、あとで挨拶《あいさつ》するから。心の中で謝罪をして、ペダルを漕《こ》ぐ足は止めなかった。

本町中心部の病院について自転車を降り、そこからは走った。病院も部屋の番号も聞いていたから問題はない。受付を通りすぎて走っていく私に、看護師のおばちゃんが声を張り上げた。

「廊下を走らない……って、あんた、嘉川さんとこの千歳ちゃ――」

「走ってごめんなさい！　あとで、行くから！」

速度は落としてやや早歩き気味にして、それでも気が急《せ》いた。

美岸利島のあちこちに拓海との思い出があって、今も頭に浮かぶ。

もしも拓海が死んでしまったら、二度と一緒に島を歩くことができなくなる。これでお別れなんて嫌だ。

聞いていた病室、横にスライドする軽い扉を開けると、室内にベッドが一台。

意を決して踏みこんだ。白いパイプベッドと、白いシーツ。誰もいない部屋だったらよかったのに、そのベッドの真ん中に彼はいた。

「……っ、た、拓海」

拓海の頭には包帯が巻かれ、車の接触で生じた怪我のある腕や頰《ほお》にはガーゼが当てられていた。触れていいものか悩みながら、ガーゼのついていない頰《ほお》に触れる。じわりと伝わった温度は、拓海が生きていることを示していた。けれど瞼《まぶた》は伏せられたまま動かない。

意識不明の重体という言葉を思いだした瞬間《しゅんかん》、感情が抑えきれず溢《あふ》れた。

「……目を覚まして」

声をかけたら、起きてくれればいいのに。横たわる体は動いてくれない。

「迎えにくるって、言ってたのに。帰ってきちゃったよ」

「…………」

「寝てないで、起きて」

呟《つぶや》いて、ひとつ涙が落ちる。

こんな終わり方なんて嫌だ。このまま拓海が目覚めなかったら、私ひとりで生きていくのはつらすぎる。拓海がいないと嫌だ。

「島に帰らないって意地張ったけどだめだった。やりたいことなんて見つからないよ。だって私が一番欲しいものは拓海と幸せになることだから」

声が聞きたい。笑ってほしい。変化の乏《とぼ》しい表情に潜《ひそ》む、わずかな感情の揺れを探すのが好きだった。

「拓海が好き。あんたがいないと、幸せになれないよ」

そばにいられるだけでいい。

拓海が生きているだけでいい。

願えば願うほど涙が溢《あふ》れて、最後のお願いごとは唇《くちびる》からこぼれていた。

「起きて、生きて、約束叶えてよ」

人魚姫の結末は悲しいもの。泡となって消えていく。

私の願いも、涙と一緒に落ちて、消えていった。

終章　美岸利島のヒーローと人魚姫

石階段から野球グラウンドを眺めるのは、いつ以来だろう。ずっと眺めていたいけれど夕日が眩《まぶ》しくてこれ以上見ていられない。

大事な連絡をしていなかったことを思いだし、スマートフォンを取りだした。

メッセージの宛先は、大学があるからと札幌に戻ってしまった大海だ。私も落ち着いた頃に札幌に戻ろうと考えている。そのことを連絡しておいた。

メッセージの送信が終わると同時に、空を突き抜けるような甲高い音が、遠くのほうで響いた。おそらく野球ボールだろう白く小さいものが空に上がって、ぐんぐんと遠くへ飛んでいく。ここからだと誰がどんな話をしているかまではわからないけれど、騒《さわ》がしさから想像がつく。きっとホームランだ。

頬杖《ほおづえ》をついて眺めているうち、口元が緩んだ。それがあまりにも懐《なつ》かしかったから。

しばらく待っていると野球グラウンドは静かになった。美岸利島の大人達で構成した、社会人野球チームの活動が終わったのだろう。

それでも私は動かず、石階段にいる。ずっとここに、いたかった。

スマートフォンをいじって待っていると、慌《あわ》ただしい足音が聞こえてきた。息を切らして駆けてくるその姿に手を振ると、駆け足の速度が増した気がした。

「おつかれさま。助っ人参加は楽しかった？」

声をかけると、拓海は「おう」と短く答えた。昔と同じように、私の前に座ろうとしていたので声をかける。

「隣に座ってよ」

「他のやつが来るかもしれないだろ」

「来たところで構わないよ。いいから隣に」

拓海は苦笑して、しかし嫌がらず隣に座った。

拓海は肩に掛けていたスポーツバッグを置いた。中に着替えだの水筒だのグローブだのがあれこれ入っているので重たそうだ。着ているユニフォームも、活躍の印を残すように泥がついている。まじまじと見ていると、視界に懐《なつ》かしい袋が飛びこんできた。

「これ、買ってきた。食べるだろ？」

試合が終わってもなかなか来なかった理由は寄り道らしい。コンビニに寄ってアイスキャンディを買ってきたようだ。

「私グレープ味ね。拓海はいつもの？」

「お前が食べないやつ」

「りょーかい」

取りだすのはもちろん水色のソーダ味。私が食べない味だからと理由をつけているけれど、実はこの味が気に入っているのかもしれない。

しゃりしゃりとアイスキャンディを齧《かじ》りながら、ふたりで夕日を眺める。中学生の頃に戻ったようだった。少し食べ進めたところで私が切りだす。

「さっき大海に連絡した。落ち着いた頃、札幌に戻るよ」

「なんか言ってたか、あいつ」

「あー……まあいろいろと。背中を押してもらったというか」

「は、大海が？　あいつ馬鹿力だろ、殴られたときしばらく痛かったぞ。お前は大丈夫だったのか？」

私と拓海の会話はずれている。拓海は物理的に背中を押してもらうことを想像しているのだろう。それに苦笑しつつ「精神的な意味のね」とつけ足す。

「大海は……俺と違って賢いんだよ。勉強だけじゃなくて、頭の回転的な」

「チャラチャラしたいじられキャラに見えて、実はしっかり物事を見てるよね」

「器用に立ち回って親戚《しんせき》だの近所だのに可愛《かわい》がられているから羨《うらや》ましいと思ったよ。お前のあとを追いかけて、ちゃっかり島を出ていくところも」

その大海だって拓海のことを羨《うらや》ましいと思っているけれど、そのことは言わなかった。

「そうだね」と肯定して、アイスキャンディをひとくち。もしも大海を振り切ってここに来ていなかったら、私は今この味を食べていない。隣に拓海だっていなかった。

「大海に感謝してる。そのおかげで、美岸利島に帰ってくるときも冷静でいられた」

改めてその気持ちを口にすると拓海がこちらを向いた。眉根を寄せて「嘘《うそ》だろ」と訝《いぶか》しんでいる。

「なっ……あ、あれは！」

「あれだけ大騒《おおさわ》ぎして『拓海、起きてぇ』って泣き喚《わめ》いてたやつが冷静？　冗談だろ」

「うるせーなと思って起きたら千歳が泣いてるし、廊下にはじーさんばーさんが見にきてるしよ。今日だってからかわれたぞ」

頭を抱える私と違って、拓海は楽しそうに笑っていた。

どうにか忘れてほしい出来事だけど、小さな島なので噂《うわさ》が回るのは早く、拓海はおろか一部の島民達は私達を見るたびにその話を持ちだす。

それもこれも島に帰ってきた日。拓海の病室に駆けこんだあとのことが原因だ。

「起きて、生きて、約束叶えてよ」

泣きながら呟《つぶや》いたそのとき、ぱさりと乾いた音が落ちた。そちらを見るより早く、それは私の頰《ほお》に触れる。温かい手だった。

「……ちとせ？」

その唇《くちびる》が、動いた。

「っ、た、拓海！　起きたの⁉」

「は……お前、なんで、ここに……つーか、なんで泣いて……」

このときの私は、『到着した日に拓海が意識を取り戻した』ということを知らず、意識不明のままだと思いこんでいたのだ。蓋《ふた》を開けてみれば私のしたことはただの安眠妨害。それを知らず、拓海の腕に縋《すが》りついてわんわん泣いた。

「よかった……生きてる……」

「おう。なんとか」

「……ばか、心配させないでよ」

拓海は柔《やわ》らかく微笑《ほほえ》んで、それから私の頭を撫《な》でた。

大きな手のひら、伝わる熱。視界には拓海がいて、ずっと忘れられなかった大好きな微笑《ほほえ》みを浮かべているのだ。幸せで、ただ嬉しくて、涙が止まらない。

「お前、泣いてる顔似あわねーな」

「うるさい」

「帰ってきただの約束叶えてだの、横でぎゃーぎゃー騒《さわ》ぐから寝てられねーよ」

「聞いてたの⁉」

「お前が勝手に言いだしたんだろ」

恥ずかしさはあれど、こうやって拓海と言葉を交わせていることがたまらなく嬉しい。夢みたいだ、この幸福感は眠ったら消えてしまいそうなほど、ふわふわしている。

けれど現実だ。それを伝えるように、私の背後、病室のドア方面からガタガタと物音がした。

何事かと見れば、扉は全開。看護師さんや患者さん、さらには拓海の両親にコンビニの店長といった面々が廊下からこちらを覗《のぞ》きこみ、みな一様に顔をにやつかせていた。

大勢がこのやりとりを見ていたのである。状況を把握するほど恥ずかしさが込みあげて、頭がぐるぐるする。隠れる場所があったら隠れたいほど。

「どういうこと……何でみんながここにいるの？」

「いやあ……千歳ちゃんが大慌《あわ》てで帰ってきたから、こりゃ何かあるなって」

エプロンをつけたままやってきたコンビニ店長が言う。

「私達待合室にいたのに、千歳ちゃんったら通りすぎていくんだもの」

こちらはニヤニヤしている拓海のお母さん。

「拓海くんに会いにきたって丸わかりよ。でも病院は走っちゃだめだからね」

先ほど廊下を走らない、と怒っていた看護師さんもいる。

「よかったなぁ鹿島の坊主！　このふたりが揃《そろ》ってると落ち着くよなあ」

げらげらと笑うのは昔リトルリーグのコーチをしていた人。現在入院中らしい。

「俺はよぉ……小さい頃からふたりを見てきたから嬉しくてなぁ……」

泣きそうになっているのは、通院のために来ていたシバタ商店のシバタさん。

つまり、嵐のように島を駆け抜けていく私をみんなが追いかけてきたのだ。拓海のことばかり考えていたので、待合室に誰がいたかさえ覚えていないし、店長が追いかけてきたことも知らなかった。

私はぽかんと間抜けな顔をして、しかし後ろでは拓海がくつくつと笑っていた。

「……騒《さわ》がしくて寝てられねーよ」

「ご、ごめん」

穴があったら入って引きこもりたいぐらいに恥ずかしい。顔が熱くて、真っ赤になっているのが自分でもわかる。誤魔化《ごまか》すように顔を隠している私に対し、拓海が言う。それは優しくて、温かい言葉。

「おかえり、千歳」

美岸利島に。拓海の元に。帰ってきたのだと実感した。

「ただいま」

この出来事が今の美岸利島では格好の話題だ。

拓海の怪我は奇跡的に軽く、検査でも頭部の異常は見られず、目を覚まして数日後には退院となった。拓海がかばったおばあさんも、擦り傷程度で済んだらしい。しかし拓海の退院後もこの出来事はしっかり覚えられていて、一ヶ月以上経《た》った今でも知りあいに会うと『よかったなあ千歳ちゃん！』と声をかけられる。とんだ後遺症だ。周囲が忘れてくれない。

「……おかげさまで外に出たくない」

「一生からかわれるだろうな」

はあ、と深いため息を吐くも、隣に座っている男は楽しそうである。けらけらと笑って、ソーダ味のアイスキャンディを食べ終えた。

アイスキャンディは残り二本。おかわりとしてレモン味のアイスキャンディを掴《つか》むと拓海は「いらない。千歳が食え」と断ったのでありがたくぜんぶ食べることにする。

「でも、安心した。島に帰って拓海に会ったら、みんなに軽蔑《けいべつ》されるような気がしてたから。華さんがいたのはわずかな期間だったけれど、この島に根づいていたから」

華さんの存在感は大きかった。彼女は私だけじゃなく、島のあらゆる人達の心に入りこんでいた。拓海と付きあっていることも知れ渡っていたので、私が拓海に会いにいく行為は後ろ指をさされるのではないかと思っていた。

「……そんなこと、なかったな」

拓海が苦笑した。

島民の反応は私の想像と真逆だった。

私が島に戻ってきたことを喜び、私が拓海の病室に行こうが咎《とが》める人はいない。見舞いに行くといえばコンビニの店長がアイスキャンディの袋を持っていけと渡してきて、看護師さんに見つかれば訊《き》いてもいないのに拓海の様子を教えてくれた。会う人達みんな「ふたりとも、よかったなあ」と声をかけてくれる。

「まあ、俺達を責めるやつがいたらそのときだ」

「そのときはどうするの？」

「島を出て、誰も知らないとこで暮らす。それができるぐらいまで成長した……と思う」

「誰も知らないとこ、って無人島とか？」

「俺はそれでもいいぞ。アイスはないけどな」

華さんの死後、拓海は島で仕事漬《づ》けだったらしい。拓海の父が経営していた会社を継ぎ、ひとりでも仕事をこなせるぐらいになったそうだ。

「千歳は？　やりたいことは見つかったのか？」

見つかったのか、と言われると難しい。仕事や資格などいろいろなものに手を出したけれど、本当にやりたかったことは別のところにあった。格好いい名前は付いていないので、胸を張って言えるようなものではないけれど、でもシンプルで難しいもの。

「特別な職業や特別なものを残せなくてもいいから、自分に後悔しない生き方がしたい。ちっぽけだけど、それが私のやりたいこと」

島を離れている間、焦がれた懐《なつ》かしい景色。いざ美岸利島に戻ってくると、私の居場所はやはりここだと思う。そして、隣には拓海がいてほしい。

「というわけで、美岸利島に戻ってこようと思います。一回札幌に戻って、島に帰る準備をしてくる」

「いいのか？　叔母さんとか大海とかいるだろ」

「私は美岸利島が好きだから。ここで、この島のためにできることを探したい。一度島を離れたからこそ、見えるものがあるかもしれない」

得てきた資格や経験は、美岸利島のために使いたいと思っていた。まだ漠然《ばくぜん》としているけれど、身が入らないままあれこれ手を出していた頃とは違う。この島が好きだという明確な気持ちがあって、頭がすっきりしている。

「……千歳、変わったな」

「そう？　どんな風に変わった？」

「前を向いているっていうか、大人になったっていうか……そんな感じだな」

「昔と変わらないと思うけど。私が変わったら、拓海はやだ？」

「俺はいいと思う。千歳がやりたいこと、応援する」

その言葉に安心する。でも一番大切なことは、島とは別にあった。

それは北海道本島でも美岸利島でもだめ。拓海の隣じゃないとできないこと。

「じゃあ、やり残したことがあるから、それを叶えたい」

「やり残したこと？　なんだよそれ」

顔を上げて、拓海のほうをじっと見つめる。

「大きくなったら結婚するって約束した人がいるの」

「それは俺もよく知ってるやつだな」

「あんたが一番よく知ってる人だよ。鏡でも見てくれば」

「そういうときにひねくれてるのは変わらねーな」

彼が隣にいるだけで心が和《な》いでいくのだから、私の居場所はやっぱりここなのだ。

微笑《ほほえ》んで、それから。夕日の眩《まぶ》しさを忘れるような影が落ちる。その影は、アイスキャンディのソーダ味の香りをまとっていた。嫌いな味だと思っていたけれど、彼の唇《くちびる》を経由するなら悪くないかもしれない。

「好きだ、千歳。たくさんお前を傷つけたけど――この約束は必ず果たすから」

夕日が照らしているのは、美岸利島の石階段。

ずっと焦がれていた腕の中は、夏よりも暑くて、けれど幸せに満ちている。

この作品に対する皆様のご意見・ご感想をお待ちしております。

おハガキ・お手紙は以下の宛先にお送りください。

【宛先】

〒150-6008 東京都渋谷区恵比寿 4-20-3 恵比寿ｶﾞｰﾃﾞﾝﾌﾟﾚｲｽﾀﾜｰ 8F
(株) アルファポリス　書籍感想係

メールフォームでのご意見・ご感想は右のＱＲコードから、
あるいは以下のワードで検索をかけてください。

アルファポリス　書籍の感想　検索

ご感想はこちらから

アルファポリス文庫

君《きみ》のいちばんになれない私《わたし》は

松藤かるり（まつふじ　かるり）

2022年 8月31日初版発行

編集ー藤長ゆきの・和多萌子・宮田可南子
編集長ー太田鉄平
発行者ー梶本雄介
発行所ー株式会社アルファポリス
〒150-6008東京都渋谷区恵比寿4-20-3恵比寿ｶﾞｰﾃﾞﾝﾌﾟﾚｲｽﾀﾜｰ8F
TEL 03-6277-1601（営業） 03-6277-1602（編集）
URL https://www.alphapolis.co.jp/
発売元ー株式会社星雲社（共同出版社・流通責任出版社）
〒112-0005東京都文京区水道1-3-30
TEL 03-3868-3275
装丁イラストー爽々
装丁デザインーAFTERGLOW
印刷ー中央精版印刷株式会社

価格はカバーに表示されてあります。

落丁乱丁の場合はアルファポリスまでご連絡ください。

送料は小社負担でお取り替えします。


ISBN978-4-434-30748-5 C0193